Impressum:

Bibliografische Information durch
die Deutsche Nationalbibliothek:
Die Deutsche Nationalbibliothek verzeichnet diese Publikation in der Deutschen
Nationalbibliografie; detaillierte bibliografische Daten sind im Internet über
http://dnb.d-nb.de abrufbar.

ISBN:
978-3-7323-7816-6 (Paperback)
978-3-7323-7817-3 (Hardcover)
978-3-7323-7818-0 (e-Book)

Copyright (2015) erschienen bei tredition

Alle Rechte beim Autor

GERD PETER BISCHOFF

Gerd Peter Bischoff

Mit Gedichten
Humor belichten!

Ein Augenöffner und ein Ohrenschließer:
Falls ein Gedichtband – dann ist es dieser!

WIDMUNG

Ich widme in diesem Falle
mit diesem Buch vollumfänglich alle

SPASSGEDICHTE

LACHGERICHTE

SCHRÄGE SPRÜCHE

KURIOSE REIMCHEN

BÖSE BONMOTS

IRONISCH WITZIGES

GEWÜRZTE WORTSPIELE

und überdies auch die

KOMIK, JUX UND SCHNURREN

GAGS, POINTEN UND DIE IRONIE

DEM HUMOR!

Damit

WORTWITZ UND LEBENSFREUDE

LACHENDER FROHSINN,

VERSTECKTER UNSINN

BITTERES VERSÜSST;

FRUSTIGES IN LUSTIGES

sowie

UNANGENEHM WAHRES
GEGEN IHR ANGENEHM BARES

verwandelt.

UND WEM DAS BUCH GEFÄLLT,
DER GEBE ETWAS VERSENGELD

(Bemerkt sei noch dieses:
Ich dichte auch gerne Fieses!)

Inhaltsverzeichnis

Mit Gedichten – Humor belichten!

ALLE LESEGERICHTE SIND HIER GEDICHTE

Von 1976 - 2014

DAS AQUARIUM

Ein Aquarium annoncierte irgendwann
nach Fischen – aber es riefen keine an!
Es hat sich in der Folge dann –
vor jedes Zoogeschäft gestellt,
als ihm die vage Hoffnung kam,
dass es irgendeinem Fisch gefällt.

Es hörte wohl das Wasser rauschen,
aber von den Fischen wollte keiner tauschen.
So beschloss es einfach nichts zu tun,
und setzte sich im Park, um auszuruh'n.

Saß wochenlang, bis der Frühling es umhüllte,
und starker Regen es mit Wasser füllte.
Ein frecher Vogel störte bei der langen Grübelei,
und nahm ein volles Bad dabei.

"Um Himmels Willen, – ich werde jetzt missbraucht –
Blamage, wenn ein anderes Aquarium hier auftaucht!"
Doch welch ein Glück, keines kam dort je vorbei,
nur Mücken, Fliegen und reichlich Viecher, allerlei . . .

Und auf einmal – ganz schlapp und klamm
darin plötzlich eine Quappe schwamm.
Da hat's dem Glasgefäß gedämmert:
„Fische – ohne Wasser drin!
War ich behämmert!"

Es erhob sich dann sogleich und ging hinüber
zum Zoogeschäft – und die ersten Fische liefen,
vielmehr schwammen über.
Es blieb noch länger dort mit leisem Schwappen
der ganze Überlauf des Schwarmes sollte klappen.

Und aus dem Glasgefäß ward ein wahrer Philosoph:
„Im Leben braucht es nicht nur eine Hülle,
sondern auch die rechte Fülle,
Oh Mensch – Oh-quarium, was war ich doof!"

Der Tod macht auch Musik – du weißt es schon:
Es ist Dein allerletzter Klingelton!

Wie will man nur kurz erklären, was eine „Symbiose" ist, ob sie
zeitlich begrenzt ist oder ewig hält, oder nur scheinbar eine ist und
ob sie überhaupt funktioniert?

DIE SYMBIOSE

Aus "Liebe" hat der Vogel sich den Wurm genommen.
Der wäre sonst alleine nicht mehr weit gekommen:
Ob Vogel oder Wurm gemeint, das ist egal.

Die Liebe dient so beiden.
Echte Liebe lässt Verschmelzen nicht vermeiden,
was zählt dabei schon Liebesqual?

Der Wurm war giftig, was der Vogel gar nicht wusste,
und was er eigentlich vermeiden musste.
Die Folgen waren sehr fatal.

Den Darm des Vogels hat es fast zerrissen,
doch der hat kurz gedrückt und ihn im Fluge ausgeschissen.
Die Erkenntnis ist hier ganz banal:

Prüf Dich vorher, bei jeder Symbiose,
sonst geht's daneben oder in die Hose.
Verhüten taugt hier allemal.

Und jene, die unten standen, wissen alle,
dass die Liebe stets vom Himmel falle,
manchmal ungenießbar und doch real.

Wie erklärt man, warum der Kuckuck kein Nest mehr baut?
Was sagt man da?

ZUM KUCKUCK!

Der Kuckuck fraß die tote Ratte
und als er folglich Durchfall hatte
bekam er einen Riesenschiss,
der ihm sein neues Nest verriss.

So flog er hin zum Weiher
und fragte seinen Freund, den Reiher:
„Ich brauch mein Nest für eine Feier,
Hüte mir doch mal die Eier."
Der Kuckuck druckste hin und drückte her
Der Reiher hatte plötzlich jede Menge Eier mehr!

„Zum Kuckuck!", sagt der Reiher schließlich bloß.
Doch bald schon waren alle Kuckuckskinder groß.
Sie lagen gut getarnt im Nest vom Reiher,
und der frisst nicht vermeintlich eigene Eier.
Und nichts ahnend unter eigenem Gefieder,
schnorrten seine Untermieter.

Was bei *einem* Reiher funktioniert,
das hat der Kuckuck ungeniert
bei andern Federviechern ausprobiert.
Nur die Eierschalenfarbe muss er richten,
kann fortan auf das eigene Nest verzichten.

Und was der andere Vogel gar nicht weiß:
die schlichte Wahrheit ist oft ein Scheiß . . . .

Nachtrag:

Und dieser Kuckuck war – ich erzähle kein Mist –
sogar eines Kinderliedes erster Komponist!

Sein größter Erfolg, sein bester:
Wie hieß er bloß, was war das noch?
>Alle Vögel fliegen HOOOCH – HOCH!<
Gut für den Kuckuck: Leere Nester . . .

DER CHEF

Was hat er nicht gerackert, schon sein ganzes Leben lang.
Nächte ohne Ende, er war ein Chef von allererstem Rang!
Ohne ihn war nichts zu machen,
keine Stunde gab er sich jemals frei,
und als sie ihn schließlich begruben,
da war er endlich auch dabei.

IM PARADIES

Ich lauschte auf des Paradieses Rasen,
wie sie aus der Ferne meinen Nachruf lasen:
Solche Ehre hab ich gar nicht ahnen wollen!
Ich hätte Jahre noch bei ihnen bleiben sollen . . .
Um jedes Paradies
steht eine hohe Mauer
aus grauer und erdrückender Trauer.
Und es wirkt wie ein Verlies.
Wage den Eintritt, wie ein unbefangenes Kind,
lachen tun nur jene, die schon drinnen sind.

WAS HASTE VERLOREN?

Ich kam ohne jedes Geld
völlig arm auf diese Welt.
Nur mit einer Nabelschnur.
Und die wurde mir, wie ich bald erfuhr,
auch noch durchgetrennt . . . !

So raffte ich, so häufte ich im Leben ungehemmt.
Was trieb mich nur?
Die Gier im Kopf, die Angst ums Geld,
So hatte ich mir das nicht vorgestellt!
Nichts blieb am Ende meiner Lebensschiene,
ich ging völlig mittellos aus dieser Welt.
Hatte nur noch die Beatmungsmaschine.
Und die wurde mir, wie ich bald erfuhr, auch noch abgestellt!
Hatte nur noch rote Ohren:
Hier hatte ich also wirklich nichts verloren . . . !

OKTOBERFEST – DIE DRITTE MASS

Ihm klemmt der Schuh, er schwankt herbei,
zittrig bückend schnürt er seinen Henkel –
ääh – verschüttet auch sein Bier dabei –
das geht ihm ganz gewaltig auf den Senkel.

Drei Maß Bier: Ein Treibsatz großer Immanenz
verursacht die drückend, drängende Inkontinenz,
alsdann voran gestoßen durch heftig laute Flatulenz!
Durch den Rückstoß aber stolpert er
kopfüber ins Klosett und sieht nichts mehr.

Doch diese neue Perspektive,
führt ihn zu wahrer Erkenntnistiefe:
„On, weiße Kachelwand, die ich liegend hier benässe,
nichts wissen, die sonst hier pissen
von deiner funkelnd bleichen Blässe . . .“

murmelt er am Boden liegend auf dem Bauch.
Ein anderer Pinkler: „Ich verstehe Ihr Genuschel nicht",
beugt sich herab. „Schlechte Akustik" raunt er ihm ins Gesicht.
„Ach ja", lallt der Erkennende belustigt, „jetzt rieche ich sie auch!"

DIE ALTE SEELE

Nichts drückt, nichts bekümmert.
Nichts droht, nichts verkümmert,
nichts schmerzt und nichts,
was unangenehm erinnert.
Nichts zu bereuen oder zu dämpfen,
nichts zu unterdrücken oder zu bekämpfen
nichts blieb ungeklärt und unvergeben,
keine Ängste trüben das gereifte Leben.

Ist das nicht das pure Glück?
Ein Zauber-Märchen in jedem Augenblick!

DIE JUGEND

Mit lautem Poltern kommt die Jugend.
Trunkener Leichtsinn, fern die Tugend!
Doch sie verlässt Euch ganz verstohlen,
ohne Laut, auf leisen Sohlen . . .

DER POLIZEIBERICHT

(zu meinen Todesumständen. . .)

Ein Schuss – ein Schrei.
Die Polizei war auch dabei.

Das Opfer war sofort verschwunden.
Ein Täter wurde nie gefunden.
Hab mich im Himmel gleich zurechtgefunden!
Ein Blitz – ein Knall.
Für die Polizei ein klarer Fall:

Ein Kugelblitz. Das war der Übeltäter!
Gut für die Klärungsquote später.

Selbst der ferne Tag zum jüngsten Gericht –
Bedeutet: Klare Lage für den Polizeibericht.

DIE WARTESCHLANGE

Mir wird nie bange
in einer Warteschlange.
Wo andere in der Reihe kleben,
da muss es etwas Gutes geben.
Gewinne, Nutzen, Vorteil einerlei –
die Hauptsach' ist – man war dabei.

VERNUNFT UND LEIDENSCHAFT

Leichtsinn und Leidenschaft
sind das, was die Leiden erschafft.
Doch die beiden wagen auch und stärken,
beflügeln uns – und leichter fliegen wir dahin.
~~~~~~~~~~~~~~~
Sie sind oft hilfreich bei unseren Werken,
und fragen erst einmal nicht nach deren Sinn.
Doch ohne Vernunft – wird man bemerken,
verfliegt das Erreichte und jeder Gewinn.

DIE WAHL

Ob Lust oder Qual –
Lache über jede deiner Wahl.
Ob Narr oder weise . . .
lache laut oder leise.
Narren haben oft die beste Reise!
Und es gab so manche Weise,
die landeten in der. . . oder auch am Pfahl.

PESSIMISTEN

Die Pessimisten behalten immer Recht,
diese klugen, informierten Leute.
Noch nie schien der Untergang so echt,
noch nie war es so schlimm wie heute.

DIE ENTE

Die Ente war Legende:
Ihre Flugmanöver sprachen Bände!
Niemals fiel sie jemand in die Hände.
Gewieft wie keine und kurz vor ihrer Rente.
Ein Jäger schoss auf sie und rennte
mit der Hundemeute durchs Gelände.

In Richtung Sonne saust sofort die Ente,
auf dass diese alle blende.
Der Jäger traf die Scheunenwände,
Bäume, schließlich seinen Hund und flennte.
Und als er sich traurig von diesem trennte,
zielte, schoss, da flog die Flug-Legende
ihren Looping-Acht-potente.
Ihr Verfolger hat schon Stechen in der Lende,
bestaunt den Salto, der liegt bei Enten voll im Trende.
Und als der Ehrgeiz in dem Vogel brennte,
wie der Jäger ihre Künste auch zu Wasser fände,
stürzte sie herab und schwamm behände.
Erneut ein Schuss: Sie schwamm die schnelle Wende.
Ein Hecht schwamm schneller. Und was verstände
dieser schon vom legendären Ruf der Ente?

Mit der wilden Ente ging's dann schnell zu Ende,
weil sie ihren Abflug schlicht verpennte.
Der Fisch zog sie hinab auf die tiefen Sände
jener schönen Badestrände.
Hielt sie fest, auf dass sie bald verende:
Somit Ende – Leg-ente! Comprende?

IGNORANTEN

Der Ignorant bleibt Optimist,
was interessiert ihn anderer Leute
Mist! Dummheit ist zuweilen gar nicht trist,
da sie den Dummen nichts bedeute . . .
Man merkt es nicht – wie dumm man ist!

REICHE

Reiche kommen – Reiche gehen.
Macht, einst so stark, beginnt zu wanken,
Was so stabil erscheint, das wird vergehen,
nichts ist von Dauer im Reiche der Gedanken.

Denn Macht entstand nur aus einem Knäuel von Ideen:
Sie behauptet sich durch Täuschung, Zwang und Schranken.
Zweifel sind es, die heimlich jede Macht verfolgen,
Macht und mächtige Gedanken verfliegen auch wie Wolken.
(Kopien: Macht / Gedichte)

FRIEDEN?

Wenn der Spruch Frieden schaffen
– ohne Waffen –
niemand mehr erfüllt
und heute nicht mehr gilt,
dann tönt es wieder bald:
Frieden schaffen mit Gewalt!

DER STAATENLENKER

Wo sind sie hin – die coolen Denker?
Die selbstbewussten Staatenlenker,
die mit rhetorisch ausgefeilten Reden,
für Wachstum, Sicherheit und Wohlstand beten?

Kaum erneut gewählt gibt es einen Krieg sogleich,
da kamen alle Rentner mit ihren Stöcken
und schlugen ihm die Birne weich.
Und Kriegerwitwen schwarz, in langen Röcken
taten es den Rentnern gleich.

Was hatte er nicht schon versprochen,
hat tausendmal sein Wort gebrochen
und als der Politikus in später Nacht
endlich mal begraben war,
flüsterte man noch leise mit Bedacht:
„Warum haben wir – wie sonderbar –
das nicht schon sehr viel früher so gemacht"?

HEIMAT

Duftende Gärten, der Wohlgeschmack der Speisen,
Mildes Licht, wo Klang und Stimmung dich erfreute,
Verträumtes Land, vertraute Leute:
Wo Heimat ist, das weiß man erst nach langen Reisen.

Die Heimat ist ein Paradies,
Die dich deine ersten Schritte machen ließ.
Wo man stehen bleibt und dich erkennt,
Wo man winkt und deinen Namen nennt,
Wo die Kinder lachen und dich rufen,
Und wo die Alten dein Zuhause schufen.

Dort wo man dich im Herz versteht,
Wo die Erinnerung verweht –
Und doch für immer fortbesteht,
Vertraute Düfte locken, die alten Lieder klingen,
Und im Abendrot die Menschen singen.
Dort ist er, der alte Heimathimmel im Frühlingswind
Wo die bunten Gärten unsere Schönsten sind.

Wo man selbst die Namen aller Straßen wusste,
das war und ist und bleibt „Daheim".
Doch wer die Heimat nie verlassen musste,
macht sich hierauf keinen Reim . . .

FIRLEFINANZ-KRISE

Was soll man sagen zu einer Welt
die nur noch Psychopathen so gefällt?
Wie kommen wir wieder raus?
aus diesem kriegerischen Irrenhaus?

Was soll man denken von Eliten
und ihren autistisch, asozialen Riten?
Raffen, Macht und Gier und Geld –
und die Welt dabei zusammenfällt?

GLÜCK

Glück ist, wenn man im Herzen lacht.
Wert hat nur das, was uns glücklich macht.
Doch Nutzen bringt nicht nur Bequemes:
Den Meistern glückt auch Unangenehmes.

KRIMINELLE

Wenn Topkriminelle den neuen Fischzug planen
beschäftigen sie – man kann es schon ahnen –
zum Verschleiern der Fakten den Ökonom.
Verdeckte Hilfe der Politik, die haben sie meist schon.
Und damit der Kriminelle keiner ist
hilft im Emissionsprospekt gerne der Jurist.

DER WETTBEWERB

Der Erste beginnt mit Kraft und stirbt – an Widrigkeiten.
Der Zwe te übernimmt den Laden und hat es mühevoll geschafft.
Der Dritte kauft beizeiten – den erschöpften Zweiten:
Erst wer den Betrieb billig erwirbt – der schafft es auch dauerhaft!
(Kopie: Juristen)

Wie oft liegt doch der Freude Sinn und Sein
in einem trefflich gelungenen kleinen Reim.

OH KRACHEND' WITZ

Zynismus grinst, Sarkasmus lacht,
Satire kichert, Häme feixt, der Witz der kracht,
Humor der lächelt und Ironie die schmunzelt,
solange Scherz und Spaß das Hirn verrunzelt!

Nur der Hochmut und die Arroganz
sind ausdruckslose Macken . . . voll und ganz!
Ob Geist, Esprit, ob Eloquenz noch Witze derber,
beide sind die schlimmsten Spaßverderber!

Wer und was tatsächlich dumm gewesen war,
das wird erst ganz an unserem Lebensende klar:
Wenn wir alle DaseinsTeile beieinander haben
taugt ein Urteil über unsere Geistesgaben!

HALTUNG BEWAHREN

>Kommt ein Fliegelein geflogen,
Setzt sich nieder auf mein' Fuß<
erinnert mich grad – ein altes Reimzitat.
Hab ihr das Rückgrat etwas durchgebogen,
Dass sie nicht mehr weiterfliegen muss.

Da hat die Fliege frech geschissen
Auf meinen neuen Lederschuh.
Ich schrie, sie sollte sich verpissen
Doch sie gab mir keine Ruh.

Schiss einfach immer weiter,
Auf die Schuhe und die Kleider.
Ich gab ihr eine Votzen[1],
Da fing das Vieh auch an zu kotzen.

Voll verschmiert begann ich es zu fassen:
Aufrecht sein, den Rücken grade lassen
und alle Fliegen in Freiheit fliegen lassen!

Allgemein gilt es zu kapieren:
Krummes Rückgrat fördert das Verschmieren,
Ob bei Menschen oder Tieren.

Und die böse Tragik der Geschicht':
Klatsche Fliegen
wenn sie fliegen
oder flitzen!
Aber wenn sie auf dir sitzen . . .
besser NICHT!!!

SCHALT EIN!

Steter Schwachsinn höhlt den Kopf
und damit alle unsere Sinne.
Die tägliche Nachrichtenflut füllt den Kropf,
auf dass die Politik damit gewinne.

---

[1] Bayrisch für Ohrfeige

DIE KLEINE ORGIE

Mein spontaner Einfall
zu einer Party fand Beifall,
führte aber zu einem Vorfall:
Speisen am Buffet mit Pilzbefall. . .

Der verursachte Durchfall
mit rektalem Donnerhall
und dünnflüssigem Abfall
blitzartig wie ein Überfall.
Schnell kam der auch optische Notfall
und folglich mein akustischer Wutanfall!

Mein Anwalt sah in diesem Unfall
einen juristischen Glücksfall:
Den klar beweisbaren Schadensfall.
Er riet mir im Bedarfsfall
nach der Beschwerden Fortfall
zum rechtlichen Streifall.
War dieser Ernstfall alles nur Zufall?
Keineswegs – auf keinen Fall!
Doch was verursachte diesen Einfall?
Meine Fresssucht: ein klarer Rückfall!
Die Party war ein Reinfall
und ich ein echter Störfall,
dann tagelang ein Pflegefall.

UNSERE ENTSCHEIDUNG

Das Leben gleicht dem Wellenschlag,
es geht mal hoch, grad wie es mag.
Und plötzlich ist man unten –
Doch gerade dort wird das gefunden,
was lange unbeachtet lag.

~~~~~~~~~~~~

Wenn man nur vergisst,
wie weit man unten ist,
dicht am Lebensgrunde,
folgt die Erkenntnis in einer Viertelstunde:
Es war die *eigene* Wahl. . . Und sie war totaler Mist!

DIE EXPERTEN

Als der Expertenstab
vom Elfenbeinturm herab,
sich gleich aufs Hohe Ross
begab und beschloss:
Autorität – sie sei der Boss!

Sinn und Deutung von allen Werten
sind exklusive Rechte der Experten.
Und gehen deren teuere Prognosen
künftig leicht daneben oder in die Hosen
unterstreicht hingegen der Experte
mit Nachdruck und mit aller Härte:
Das Modell, das war bewiesen richtig –
nur die Variablen waren nichtig!

DEPPEN SIND NICHT LEICHT ZU FASSEN

Strunzdumm und Pfiffiblöd
hat es den Verstand verweht.
Im Grase scharren beide an der gleichen Stelle
an den Knien bereits die wunde Delle.
Sie suchen ihren Autoschlüssel immer noch.

Strunzdumm und Pfiffiblöd
waren auch noch trunken,
der eine der war picklig röt,
der andere hat gestunken.
Der Schlüssel steckt am Lenkrad doch!

Strunzdumm und Pfiffiblöd
knieten in der Regenlache
Und mit dem Streifenwagen tatü – tatrööt
mussten sie nicht mit zur Wache.
Sie waren Verkehrsteilnehmer weder – noch!

Nicht zu Fuße, nicht auf allen Vieren,
nicht geritten auf irgendwelchen Tieren,
nicht im Auto am Volant
Nicht auf den Händen oder einer Hand
Nein, sie knieten unbewegt im nassen Loch!

Strunzdumm und Pfiffiblöd,
klatschten begeistert in die Hände.
Inzwischen war längst der Tag verweht,
die leeren Flaschen sprechen Bände.
Wobei es penetrant nach Fusel roch!

Die Gesetze waren eingehalten.
Strunzdumm und Piffiblöd aber galten
fortan als raffiniert und weise . . .
Narren haben eben Glück – ganz auf ihre Weise!
Und Ignoranz ist zuweilen ein guter Schicksalskoch.

PARTY IN LEMBERG 200-zwo

(2 Meter Schnee und keine Ahnung mehr wo . . .)

Man denkt immer – blöder geht's nimmer.
So ein Mist! Denn wenn man aus dem Zimmer
an der Frischluft ist, schon hat man keinen Schimmer
wo man eigentlich ist! Und noch viel schlimmer:
Hab mich verirrt unter Alkohol mit Glimmer!

Die Straßen waren nicht geräumt,
nur tiefe Gräben ausgeschaufelt!
Dort fiel ich in den Schlaf, hab selig schon geträumt. . .
Da kam ein anderer Partygast vorbeigestrauchelt:
„Da hast du was versäumt!"
Er hat mich länger angehauchelt,
das hat mich aufgebäumt.

Man denkt immer – blöder geht's nimmer,
denn ich wachte auf in einem Zweibettzimmer
wo auch immer – über mir buntes Lichtgeflimmer,
neben mir ein Frauenzimmer,
unter mir Lustgewimmer.
Wo ist nur der Beleuchtungsdimmer. . .

DIE GEISTIGE NAHRUNGSKETTE

Idioten beten Narren an
und die den Dummkopf:
Jenen armen Tropf,
der außer Lachen – gar nichts kann.
Wer aber betet denn dann
den depperten Hofnarr an?
Und wer streicht dem König um den Bart?
Es ist der Super Mario B.

SEIT 18 UHR 30

Welch ein Glück:
Heute schlug der Amboss zurück!
Ein Jammer für den Hammer . . .
Und die Wahrheit der Geschicht':
die ewige Bürgerqual, die gibt es nicht!

WAS WIR AHNEN

In einer komplexen, komplizierten Welt
lässt es sich gut glücklich sein
in Beschränktheit mit viel Geld.

DES GLÜCKES LEID

Leid suchen wir zu vermeiden,
und es trifft uns unverhofft.
Glück erhoffen wir und leiden,
denn leider meidet es uns oft.

DER QUANTENPHILOSOPH

Um den Kosmos richtig zu beschreiben
fingen kluge Leute an, sich aufzureiben.
Doch jede Theorie hat immer Löcher
und Theorien gibt es noch und nöcher.

Irgendwann war es dem Quantenphilosoph
zu theoretisch und schlichtweg auch zu doof.

Da fing er halt zu schweigen an. . .
Und siehe da: Er fand sofort Anklang.
Die Welt will nur sich selbst verwalten.
Das wird uns klar beim Mund-zu-halten!

OHNE SPAGAT:

Eliten die uns retten!
Sklaven ohne Ketten!
Die Welt ohne Draht!
Nur ein TV und sein Wellensalat!
(Darauf würd' ich meinen Stumpfsinn verwetten!)

GLÜCKLICH IST. . .

In Österreich 1993 als Lied gehört:
Zitat aus der Operette „Die Fledermaus"

Glücklich ist – wer vergisst –
was nicht mehr zu ändern ist!

„Glücklich ist,
Wer vergisst
Was nicht mehr zu ändern ist."
Und damit ihr's wisst:
Das ist eine Lebenslist.
Kopie aus: Glück & Leid)

~~~~~~~~

Sei dir bewusst wer du bist,
Vermeide Hass und jeden Zwist!
Das macht nur das Leben trist.
Sei stets ein gelassener Pessimist,
Sei vergnügt – und red' kein Mist,
Schwelgen und Schweigen sei deine List,
Und somit: liebe einfach deine Lebensfrist.

~~~~~~~~

Für immer jung – für immer vergnügt.
Nicht ans Alter denken, das genügt!
Doch Gebrechen schleichen ein auf leisen Sohlen,
ganz allmählich, ganz verstohlen.

WOZU?

Was machst du dir für Sorgen?
Solange sich die Erde dreht – gibt es auch ein Morgen!

A NETTE WAR SIE NET

Hätte, hätte, die Anette, nur nicht mit der Abschleppkette,
festgehangen wie die Klette an ihrer ministerialen Stätte.
Wär so gerne die adrette – Kanzlerin oder Kanzlerette,
dazu Bezüge, all die fetten – ich wage alle Wetten
sie war bis zuletzt noch leicht zu retten.

~~~~~~~~~~~

Ohne Amt und Würden hing fortan
die ehrenwerte Frau Schavan
an ihrer Eitelkeit wie am PKW der Caravan.
Sie benötigt halt den Doktoren-Wahn
für ihren „akademischen" Elan. . .
Bis sie endlich ein angemessenes Angebot bekam:
Den „Ehren"sold im Vatikan.

GEDECKTE WüRDE

Tut gut
der Mut zum Hut
unter dem eine gewisse Würde ruht.

KAUFKRAFT

Das Geld behält seine Kaufkraft doch!
So glauben es felsenfest alle.
Aber die Rechnung – die kommt erst noch – *für* den Wirt jedoch!
Wir alle *sind* dieser Wirt, wenn das Geld plötzlich wertlos wird.
Verblüfft, verbittert werden alle –
doch der Bürger sitzt in der Falle!

ALLES WAS RECHT WAR

Das Recht des Stärkeren begann während des Beute-Häutens.
Das Recht der Sieger beim Um-die-Wette-Laufen.
Recht entwickelte sich im Mittelalter beim Klang des
Kirchengeläutes,
später floh das Recht beim Brennen der Scheiterhaufen.
Und heute hofft das Recht an der Pforte des Gerichtsgebäudes!

NACH BRAGO – NOCH FRAGO?

In den Lücken von Gesetzen
bohrt der Jurist mit Bandwurmsätzen.
Gern zitiert er, um Argumente auszuweiten,
schweift ab in Nebensächlichkeiten,
will sein Phrasengewitter nicht vermeiden.
Was aber Voll-Juristen eben schätzen!
Denn abgerechnet wird nach Stundensätzen.

WAS IST DUMMHEIT?

(Eine ganz persönliche Frage)

Die Dummheit hat – ihr lieben Leute,
speziell in der naiven Meute,
täglich Freude über Freude.
Vorzugsweise Schadenfreude.

~~~~~~~

Ich suchte die Dummheit in der Welt,
um zu lernen sie zu vermeiden.
Ich hab sie endlich bei mir selber festgestellt!
Es half nichts mehr mich zu verkleiden.
Erkenntnis ist: Ein gesegnet langer Augenblick. . .
Er dauert an bis heute – so ein seltenes Glück!

~~~~~~~~~~

Dummheit lebt mit der Devise:
Für alles die Versicherungspolice.
Unterschriften auf dem letzten Blatte,
doch was der Dumme übersehen hatte
in Verträgen – bunt bedruckte
war das angehängte Kleingedruckte.
Doch der Dumme schluckt es,
und versichert sich gegen Kleingedrucktes!

~~~~~~~~~~~~~~~~

Kaum ist er da – schon ist er dahin:
Der außerordentliche Lotteriegewinn!
Nichts wissen, nichts tun, nichts glauben:
Aber täglich Löcher in Kaviarhaufen klauben.
Doch – das sind noch – die schlauen Dummen!
Der ganze Rest investiert die Riesensummen.
Lässt sich nicht lumpen, will sich nicht schämen
und gründet Wirtschafts-Unternehmen. . .

~~~~~~~~~~~~~~~~~~~~~~~~~~~~~~~~~

Der Dummkopf nimmt die Erbschaft in die Hand,
zieht fort und lebt in einem heißen Wüstenland.
Und investiert – der arme Ignorant –
sein Geld als Kleiderfabrikant.

~~~~~~~~~~~~~~

In des Volkes großen Massen
gibt es viele trübe Tassen.
Und den Eliten tut dies leid:
Darum keinen Volksentscheid!

~~~~~~~~

Hinter der Fichte gibt es wenig Lichte.
Bei Gerichte habe ich mich dumm gestellt,
was dem Staatsanwalt gar nicht gefällt.
Dumm erscheinen ist doch helle!
Hab nix gewusst – und nix gesehen! Gelle?
(Aus: Dummheit)

DER AUTODIDAKT

Der Autodidakt
kommt schnell aus dem Takt
wenn der Gelehrte ihn auf Latein befragt.

MIT BEDACHT

Mit Leidenschaft erwacht
mit Begeisterung erdacht
mit Geduld gemacht
mit Weisheit vollbracht.
Mit Liebe vertausendfacht!
(Kopien: Liebe / Weisheit / Gedichte)

DAS WICHTIGSTE

Wenn das, was zusammengehört, lebt und sich regt:
Ist es das, was des *Analytikers* Neugier anregt.

Und das wird umgehend zerstückelt und zerlegt.
Dass dabei das Wichtigste verloren geht wird nicht überlegt.

Das erzielte Wissen wird verdaut, Lebendigkeit geklaut.
Erst was dann anal herauskommt, wird richtig angeschaut.

DER IRRTUM

Die Wahrheit ist des Irrtums Feind.
Darum der große Aufwand sie zu verbergen.
Doch manchem Irrtum ist die Wahrheit Freund,
um mit wahren Teilen seine Lügen zu verstärken.

DIE KUNST DES RAUBENS

Aus der „Raubkunst" schrecklicher Zeiten
wird heute die staatliche Kunst des Raubens.
– Juristen finden Finten sicherlich beizeiten –
Die Rechtslage bleibt eine Sache des Glaubens.

DIE DAMENWELT

Bei grobem Unfug und frecher Narretei
sind öfters auch die Damen mit dabei.
Nur bei groben Raufhändel oder Schlägerei,
begnügt sich eine Dame mit lauter Kreischerei.
Landet eine Sache dann vor Gericht
sind Damen aufs Erscheinen nicht so recht erpicht.
Doch als Zuschauerin und bei der Gafferei
sowie als Zeugin taugen Damen einwandfrei!

SO EINE FRECHHEIT

Und wenn es physikalisch nicht mehr vorwärts geht,
kommt irgendein Student daher, der instinktiv versteht,
dass es nur in einem parallelen Universum weitergeht.
Frechheit gewinnt an Freiheit und noch Vieles mehr besteht:
– in der Parallelität – wie ihr alle seht!
(Kopien: Universum II / Ironie / Gedichte / Wissen)

DER REGENTAG

Hier ist wieder so ein Regentag . . .
den ich liebend gerne mag.
Mit jenen leisen Melodien im Nebelschleier
bei denen ich mich immer wieder frag:
Wann ich sie zum ersten Male
wohl vernommen haben mag?

~~~~~~~~

Und ich lausche dem Wind,
dem unschuldigen Kind,
weil die Namen und die Dramen
der Nächsten leise in ihm zu hören sind.

AM VOLANT

Am Steuer des Lebens
fahren wir bevorzugt schnurgerade aus.
Den Blick nach vorne gebannt,
das Lenkrad fest in der Hand.

~~~~~~~

Die Freiheit lockt vergebens:
Alternativen bleiben vakant,
Chancen ruhen unerkannt,
denn Chancen sind riskant!

Da halten wir uns besser raus. . .

IST GLÜCK EIN ZUFALL?

Ja, denn es fällt uns zu.
Die Hauptsache ist, man fasst es,
denn es realisiert sich im Nu.
Ist Glück verschenkte Liebe, dann passt es.

Doch wenn der Zufall vorüber hastet,
jagt auch die Chance schnell vorbei,
immer der Gunst der Stunde hinterher.

~~~~~~~~~

Dem Zufall, der niemals rastet,
und der Chance ist es einerlei:
Bist du dabei? Dann wirst du wer!

~~~~~~~~~~

Noch sind sie ohne eine Prägung!
Auch dein Glück ist immer in Bewegung.

Zufall, Fortunas Laune und derlei
wie etwa deine Wünsche sind aber frei:
Und das ist eine Kombination aus Dreierlei!

Sei also attraktiv für dein Glück,
und laufe mit ein langes Stück.
Und halte dich an ihren Weg dabei.

DAS ZÄHE STEAK

Er biss es – Er riss es – Oh, vergiss es:
Das Steak ist zäh und nicht zu beißen.
Jeder Biss – führt hier gewiss – zur Lücke im Gebiss!

„Schmeckt's?", fragt der Wirt, um alles gutzuheißen.

Der Gast nimmt sein Gebiss und ist sich ganz gewiss
– er lässt sich heute nicht bescheißen –
Das weiß er und lässt seine Beißer
langsam um den Teller kreisen:
Und trotz Spitzenfleisch von Rindern oder Kälber
knurrt er laut vernehmlich „Nah! Do – friss selba!"

FREIE REGELN

Freiheit ohne Regel
ist wie Kegeln ohne Kegel.
Die Kugel rollt – egal wohin.
Das freie Rollen ist gewollt – allein es fehlt der Sinn!
(Kopien: Sinn / Freiheit / Gedichte)

DIE KANZLERAKTE

Dem Hinterbänkler quoll Gesprochenes aus dem Mund.
Der Arme saß dabei sich jahrelang den Hintern wund.
Dem Fraktionsvorsitzenden quoll Gedachtes in die Tinte.
Zwanghaft war die Idee mit der Fraktionszwangs-Finte!
Dem Kanzler oder Kanzlerette quoll Geheimes in die Rede.
Und ich wette: Das Volk begriff nicht woher der Wind nun wehte!

Erst besprochen, dann schlau erdacht,
schließlich ein Geheimnis draus gemacht.
Echte Demokratie? Das wäre doch gelacht . . . und wie.
Das ahnten unsere Bürger nie! Und . . . sind sie jetzt erwacht?
Mit Fraktionszwang und der Kanzlerakte regiert seither die Macht.
(Aus: Ironie)

KINDHEIT

Düfte erinnern auf die schönste Weise
an unsere himmlische Kindheitsreise.
(Kopien: Heimat / Paradies / Gedichte)

DIE ÄPPEL

Äpple gelang es für all die technogläubigen Blinden
die elektronischen Fußfesseln iPad und iPhone zu erfinden.
Der neuste Clou: Gedankensteuerung zum Wohlbefinden.
Und zwecks Diskretion diese technische Finten
als elektronische Hirnschelle zu verbinden,
um, wie die User es empfinden,
sie noch stärker an die Äpple-Welt zu binden.
Und bevor die Profite jäh entschwinden,
noch rasch die schnelle Kohle schinden.

DAS „SCHAUMAL"

In einer Welt, geprägt von äußerlichen Eitelkeiten,
ist der Anblick illustrer Prominenz nicht zu vermeiden.
Da ist es sinnvoll, deren „Schaumal" in den Park zu setzen.
Aber Denk mal: wenn Vögel mit Verdauungsnot
jene noblen Statuen besetzen. . . denn Vogelkot
kann einem jeden Ruhm und Ruf verätzen.

HOCH ERFREUT IM NEUEN KLEID

Ein alter Irrtum braucht nicht sterben,
kann endlich mal zur Wahrheit werden . . .
Im neuem Kleid – zu anderer Zeit.

LASS SEIN

Lass nach, das Grübeln, werde kühler,
komm zur Ruhe, mein Gedankenwühler.
Und beachte deine Stimmungs-Fühler.
Ruhe dann. Und sei der Stille Schüler.
(Kopien: Verstehen / Gedichte)

WO RIECHT ES?

Der Fisch stinkt allweil – wie alle anderen Lebewesen auch –
zuerst aus seinem Hinterteil. Das ist beim Scheißen Brauch.
Erst wenn er mal gestorben ist,
stinkt er vom Kopfe her, was aber auch nicht sicher ist.
Weil man halt nie weiß, was dem Vieh so zugestoßen ist.
So'n Mist.
(Gedichte / Ironie)

FREIHEIT FÜR DIE SCHAFE

Manche Schafe sind es leid und machen dann Karriere,
werden aktive Läufer und durchbrechen die Barriere.
Aber Laufen heißt Bewegung aus der sicheren Umhegung.

In Freiheit sind sie nicht geborgen.
Und das macht den Schafen Sorgen.

Sie brauchen einen Herden-, Reise-, Rudel- später Rädelsführer.
Dieser spricht von Vertrauen, Stärke, Sicherheit und hat Pläne.
Er bellt. Und jault cholerisch. Ihr gewählter Führer.
Schaf mutiere! Und dir wachsen „schafe" Zähne.

Die Herde huldigt frenetisch ihrem Alphatiere.
Doch der Wolf ist auch mutiert mit dicker Schafwollmähne.
Schafen ist die *Freiheit ihrer Wahl* die Pflicht:
Ruhe haben und sich unterwerfen. Oder etwa nicht?
(Kopien: Ironie / Gedichte)

DER WELTENGESANG

Morgens um drei Uhr ist es vollkommen still.
Nur jetzt klingt der Weltengesang, den ich hören will!

~~~~~~~~~~~~~~~~~~

Das Flüstern der Bäume, das Hauchen der Wiesen –
leise die Wasser. Im Mondlicht ergießen
sich Millionen ferner Sterne leiser Klang.
Tiefer Schlaf der Geschöpfe im Traumgesang.

WAS IST DAS MASS ALLER DINGE?

Was ist das Maß aller Dinge – das fragt sich ein jeder.
Und die Antwort, um die ich wochenlang schon ringe:
Das ist und bleibt der Zentimeter. Aber nur der Dinge.

DAS BAUERNKIND

Als ich noch in die Stube speite,
war ich so frei, ein Schwein zu sein.
Den Schnodder in der Nasen,
Flecken am zerrissenen Kleide
und ein zerkratztes Bein.

Schokoschmiere vom alten Osterhasen,
und dazu die bunten Seifenblasen
bleiben unvergessen noch bis heute.
Damals, als ich mich am Tanz erfreute,
war mein Verstand noch kindlich klein.

Heute aber bin ich elegant und groß,
achte peinlich auf die Sitten.
Benehme mich gemäß der Etikette bloß,
und bedecke sorgsam meine Titten.

Gibt mir der Tod einmal den letzten Stoß,
und sind die Sinne mir entglitten,
ist mein einzig' wünschenswertes Los:
Im alten Nachthemd frei im Tanze zu enteilen!

Und die Wahrheit dieser Zeilen:
Schweinchen sein, Schwein und Schweine haben
gehören bisweilen – zu den großen Gottesgaben.

DER IGNORANT

Bin keen Optimist – noch een Pessimist,
und anderer Leute Mist
ist mir schlicht zu trist!
Und wenn de nich' verblödest bist,
dann liegt es auf der Hand:
Sei wie ich, ein Chauvinist.
Und bleib ein Ignorant!

Sei Realist – sei Konformist
Du lebst in einem Land,
da ist es allen gut bekannt,
dass klagen Mode ist.
(Aus: Ironie)

SALVATIUS TRAUERHILFE

Wenn Sie um ihren Selbstmord mit dem Stricke ringen,
hilft vorher ein Vergleich von Seil- und Körperlängen.
Und was nimmt man da: Schlaufen oder Schlingen?
Wir wollen Sie natürlich keinesfalls bedrängen,
Sie sollten aber vor allen Dingen
lernen, sich mit dem richtigen Knoten aufzuhängen!
Und springen Sie vom Stuhl – keinesfalls ein Rutsch,
sonst geht auch der bestgeknüpfte Palstek futsch. . .
(Kopien: Ironie / Gedichte)

WUNDER

Eine wichtige Fähigkeit ist gut gediehen:
wenn wir keine voreiligen Schlüsse ziehen.
Denn Vorsicht: Die Thesen vom Wunder brennen wie Zunder.
Versprechen vom finanziellen Wunder sind nur oft bunter Plunder.
Begannen verheißungsvoll, plötzlich fallen sie runter,
und gehen schließlich gänzlich unter! Skepsis ist gesunder.
(Kopien: Geld / Gedichte)

DER FORTSCHRITT

Geforscht wird für die Nation und des Volkes Wohle . . .
Alsdann für den Fortschritt und künftige Monopole.
Und für das Wagnis elitärer Kohle.
Look – out!
Am Ende kommen gerne die Finanzkonzerne
auf leiser Lobbyisten-Sohle.
Und Wirtschaftidole mit der Freihandelsparole
für die Finanzmetropole.
Im Gefolge dann Unternehmen,
erfolgreich im Aus- und Runternehmen.
Freak – out!
Flink zerlegt und versiert filetiert wie mit der Spielkonsole;
was bleibt, sind leere Büros, versiegelt durch die Banderole
und Industrieruinen als Kultursymbole.
Squeeze-out!
(Kopie: Gedichte / Crime & Society)

GETARNTE DUMMHEIT

Ist der Andere dümmer,
freut man sich – und wie!
Doch Gewissheit gibt es nimmer,
denn man weiß es einfach nie.

Nur ein fremdes Missgeschick,
das ja mal passieren kann,
lässt uns einen Augenblick
klug scheinen – irgendwann. . .

**Der Deckel
auf dem
Topf:**
($$$$$)
$~~~~~~~~~~~~~~~~~~~~~$
Alles fad – im Hamsterrad?
Noch rege – an der Kantinentheke?
Gibt es Gewühle – in der Leistungsmühle?
Und die Hatz – nach dem besseren Arbeitsplatz?
'Nird es dunkel oder hell – im Stellenkarussell?
Bleibt es weiter heiter – als Abteilungsleiter?
Weiter glänzen – auf den Konferenzen?
Hast du schon – die bessere Position?
Wird sie eingegrenzt – die Insolvenz?
Noch Courage – auf der Chefetage?
Fessel – am Direktorensessel?
Guten Tag: Aufhebungsvertrag!
$+++~~~~~~~~~~~~~~~~+++$
(Gedichte / Gesellschaft / Ironie)

ARGWOHN

Wer mit Argwohn seine Welt betrachtet,
penibel die Details beachtet,
und jede Vorschrift genau beachtet
hat seine Unbefangenheit entmachtet.
Und den Verdruss gleich mit gepachtet.

SCHLÜSSEL

Wir können viele Schlüssel finden in unserer schönen Welt:
Schlüssel zur Zufriedenheit oder stetig zu mehr Geld.
Der eine passt zur Hölle, der andere zum Paradies.
Schlüssel gibt's zur Freiheit oder zu unserem Verlies.
Jedoch den *einen* Schlüssel zum Ausgangstor der Welt,
den besitzt – auch bei allergrößter Not – alleine unser Tod.
(Kopien: Gedichte / Paradies)

MUTTERSPRACHE

Dem Geist ist Wissenschaft die Sprache,
der Körper spricht auf Leckereien an.
Und bei gemäßigt Alkohol, fühlen sich auch beide wohl.
Doch für Seele und Gemüt gibt es eine Einheitssprache:
Das ist ein Dialekt der Muttersprache.
(Kopien: Heimat / Verstehen / Gedichte)

NEID REICHT WEIT

Neid ist als Selbstsucht dir beschieden, die dich vorwärts treibt.
Und Zufriedenheit der innere Frieden, der in deiner Mitte bleibt.

Neid ist stark verbreitet,
doch der Neider bleibt allein.
Niemand der ihn je beneidet,
niemand will gerne mit ihm sein.

Neid betrifft fast alles und wird oft geübt,
Freude bringt er keines Falles, die Sinne sind getrübt.
Nicht nur das Haben wird geneidet,
sondern auch das Sein.
So wird im Geheimen das Scheinen vorbereitet.
Wenn die Wahrheit nur im Geheimen scheint,
bleibt sie ganz allein!

HYPOTHESEN

An den Tresen entstehen die flüssigsten Hypothesen.
Wird dort Alkohol geschluckt – wird auch nicht mehr aufgemuckt.
Denn das beste Wahlprogramm der Welt,
entsteht direkt *im* Bürger beim Bier im Zelt.
Was unter Alkohol politisch gut verklickt,
wird bei den Wahlen später abgenickt.
(Kopien: Zynismus / Div. Gesellschaft / Gedichte)

DAS WIRD UNS GEBOTEN:

Das Leben macht uns *jedes* Versprechen.
Das heißt: Versprechen auch zu brechen!

Leben bietet uns die Wahl,
doch war der Wandel schneller, ist es schon egal.

Unsere Laufbahn enthält vielerlei Optionen.
Wichtig davon welche umzusetzen, ohne uns zu schonen.

Das Dasein offenbart divergente Perspektiven.
Wichtig ist es, welche zu vertiefen.

Am Ende – nach des Lebens Abendrot –
erfüllt sich nur noch eines das versprochen,
was noch niemals wurd' gebrochen:
Jenes Versprechen gab der Tod.

SELBSTIRONIE

Selbstironie – kannte sie nie.
Sie nahm sich ernst. Und wie.
Und erst die Würden, die sie sich verlieh.
Denn das Würden-tragen war, was pekuniär gedieh.
(Kopien: Ironie / Gedichte)

FORTUENE

Die Klugen haben auch mal Glück.
Doch sie halten es für einen Trick.
Da nicht berechenbar im Augenblick.
~~~~~~~~~~~
Der Pessimist hat selten Schwein,
viel lieber lässt er Argwohn ein.
~~~~~~~~
Dem Sünder winkt nur Sühne.
Bewusst vermeidet er Fortüne.
~~~~~
Der Zyniker hingegen
hasst anderer Leute Segen.
Sein Glück liegt im fremden Misslingen.
Genugtuung sucht er vor allen Dingen.
(Kopien: Gedichte / Ironie / Glück)

TREUE

Auch überstrapazierte Treue wird gehalten,
wenn es sich finanziell noch lohnt.
Besitz lässt sich leicht verwalten,
solange man in ihm wohnt.
Dann kann die Beziehung halten,
falls die Vernunft fest auf ihr thront.
(Kopie: Ironie / Lügen / Gedichte)

DUMMHEIT BRILLIERT

Dann und wann
juckt es mich
wenn ich etwas Dummes sagen kann.
Daraus ergibt es sich:
Die Lacher sind auf meiner Seite,
meist ganz gescheite Leute.
Denn sie genieren sich,
selbst mit Dummheit zu brillieren.
Und sie weigern sich,
auch nur einen Trinkspruch zu zitieren.
Ich galt als Blödi manche Zeit –
Doch so erschafft man sich Behaglichkeit.

DAS GEWISSEN

Das Gewissen will uns nicht beißen,
sondern sanft die Wege weisen.
Mitgefühl, das ist gewiss
verhindert den Gewissensbiss.

~~~~~~~~~

Verläuft zwischen Geist und Seele jedoch ein Riss
entwächst aus Wissen kein Gewissen.
Das war und ist und bleibt gewiss.
(Kopien: Zweifel / Liebe / Gedichte)

DAS SEMINAR

(Ersatzweise: Im Bundestag / Der Ausschuss / Die Versammlung)

Im Seminar die Augen schweifen,
wer ist denn noch wach?
Die Müdigkeit will um sich greifen
und erste Schnarcher machen Krach.

Vorne müde Häupter auf den Lehnen,
die Hände fest am Mund beim Gähnen.
Manche rutschen weg zum Dehnen.

Die eine ist versunken,
der andere hat die Luft verstunken,
viele sind ermattet auf den Teppich abgesunken.
Die in den hintersten Reihen, das erkennt man auch,
sind bereits Entschlummerte und liegen auf dem Bauch.

Das will ich mir verkneifen!
Ich plane eine Stunde schon mit meinen steifen
Händen, die auf dem Boden schleifen
nach dem Vordersitz zu greifen.
Doch dem Referent im Nadelstreifen
gefällt derweilen, weiter auszuschweifen.

Was er stundenlang verklickert, hat das Plenum abgenickert.
Er verspricht sich dutzendfach.
Ihn hungert schon. Oh Weh und Ach!
Sein Stimmchen ist so schwach.
Süßer Klang vom Essensgong ertönte bei Gebrauch:
da waren alle glockenwach – und ich natürlich auch.

(Kopie: Ironie / Gedichte / Gesellschaft)

VORSICHT

Hab Acht vor den Medien
die können dich beschädijen!
Vorsicht vor der Presse,
die stopft dir in die Fresse,
was du nicht verdauen kannst.
Bilder die du schnell verbannst.
Schau nicht auf das Titelblatt
die Angst erschlägt dich glatt.
Die Auswahl deiner Nachrichten
werden dich richten und zurichten
durch das, was du geistig zu dir nimmst.
Womit du in die Höhen oder Tiefen klimmst.
Und kommen sie elektronisch dir ins Haus
dann ist es mit Freizeit und Freiheit aus.
(u.s.w.)

VT-TV

Wie viele Dödel sind Verschwörungsblödel?
Keine – wie ich meine.
Denn eines, das beweist doch die Geschicht':
Verschwörungen? Die gibt es einfach nicht!
(Kopien: Gedichte / Ironie)

Der Bürger ahnt – der Bürger weiß
von Lüge, Propaganda und dem Mangel an Beweis.
Lebt in innerer Zerrissenheit und Dissonanz.
Wählt zu ihrer Überwindung die bequeme Ignoranz.
(Kopien: Gesellschaft / Lügen /Gedichte)

DIE WIEDERGEBURT

Ich re ste im Jenseits weit – für meine neue Lebenszeit.
Und wurde durch karmische Faktoren
in Deutschland wiedergeboren. . .
Und erneut: Der Nachbarstreit!
Jetzt schreib ich's mir hinter die Ohren!

An die Wiedergeburt kann man sich gewöhnen.
Aber nicht um alte Nachbarn zu übertönen.
Und ich sage es ehrlich und schroff:
Mit denen gab's in jeder Runde Zoff!

~~~~~~~~~~~~~~~~

Man kann im Paradiese
auch gut alleine sein.
Und lebt und lacht,
liegt zufrieden auf der Wiese.
Und plötzlich fällt einem nichts mehr ein!

Warum hab ich in dessen Anbetracht
nicht eine Kameradin mitgebracht?
Eine Esther, Eva oder Liese!
Ich mochte nicht mehr – ganz allein.
Und bin im nächsten Leben aufgewacht. . .
(an Nachbars Zaun – aus der Traum!)

DER ZAUBER

Der Zauber der kleinen Dinge
fliegt mit auf des Glückes Schwinge.

~~~~~~~~~~

Es sind gerade jene Kleinigkeiten
die uns im Leben still begleiten.
Oft unbeachtet, ignoriert,
und die, falls honoriert,
Freude uns bereiten.

DER BEDEUTUNGSTRÄGER

Erst Opponent und Bedeutungs"säger"
dann ein Schräger mit Tennis- und Poloschläger.
Später ein Bedeutungsjäger getarnt als Leistungsträger,
ein Beweger und Appetitanreger für Geldanleger.
Schließlich selbst ein träger Bedeutungsträger,
mit spätem Hang zum Bedeutungspfleger,
als Nadelstreifen- und Verdienstkreuzträger.
(Aus Ironie)

ALLES

Da wir heute nicht wissen
was wir morgen vermissen:
Nutzen wir einfach *dieses* Wissen!
Und lasst uns *alles* im Leben genießen.
(Kopien: Gedichte / Lange Nacht)

DIE PROPAGANDA

Es kommt ein Text heran geflogen
und frisst sich in den Geist.
Gehirne sind sofort mit Ideen überzogen
das Gedächtnis scheint verwaist.

Das Gedankengut ist schnell verbogen,
dein Wortschatz wie vereist.
Der Text, der war verlogen,
war Propaganda, wie du weißt.

Doch *jetzt* bin ich der Welt gewogen,
verstehe wie die Wahrheit heißt.
Hab die Propaganda aufgesogen,
das Wichtige mir eingekreist.

Mein Weltbild ist jetzt ausgewogen,
was meine Ignoranz beweist:
der klare Standpunkt ist bezogen
mein Mitgefühl entgleist.

Ich höre nun auf Demagogen,
auf Politiker mit Ellenbogen.
Bald wird Freiheit uns entzogen
weil es wieder heißt:

Der Feind ist jetzt herangezogen!

Die Allgemeinheit ist zumeist
für's Heimatland in Krieg gezogen.
Und keinerlei Gewissen das irgendjemand beißt.

Rekruten werden eingezogen
Gründe schnell zurechtgebogen
Perspektiven eingeschweißt.

Geschäfte werden einbezogen.
Nur die Gegner bleiben grundverlogen:
Testiert von Neuro- oder Psychologen!

Lügenmärchen gut verpackt und dreist,
sind Fundament von Kampf- und Totengeist.
Worauf die Propaganda aber scheißt!

DIE THERAPIE

Glaube, Überzeugung, Erwartung und so:
bilden die Therapie von Dr. Placebo.

Und ist das Ritual – auch noch ideal,
ja, dann wirkt sie sowieso.

(Kopien: Zweifel / Ironie / Gedichte)

DER PESSIMIST

Verdrießlich wartet der Pessimist
jahrzehntelang bis es endlich soweit ist:
>Die Welt-macht in die Hose<
Welch treffende Prognose!
Triumphal hinaus ins Pech der Anderen:
Unter den ganzen Ignoranten wandern!
(Kopien: Zweifel / Ironie / Gedichte)

DER ZUCKERGUSS

Genuss, Genuss
bringt kein Verdruss,
wer sich im Überfluss
nicht übergeben muss.

WAS WAR ES?

Ich stand und sah es.
Dann war es weggeflogen.
Und wieder kam es!
Ich war aber weggezogen.

~~~~~~~~~~

Grübelnd ahnte ich – den kennsch!
Wir dachten beide aneinander.
Es hielt mich für einen Mensch,
ich ihn für einen Salamander.

DER RISS

Jeder gierige Biss,
jeder geldwerte Beschiss
und jeder faule Kompromiss
führt tiefer in den humanen Verschliss.

Und die Erkenntnis scheint gewiss –
Durch eine Gesellschaft ohne Kompromiss
geht ein zerstörerischer Riss!
(Kopie: Ironie / Gedichte / Gesellschaft)

MIR WISSET NIX

Wenn in einer Gesellschaft alle lügen –
muss sie sich einer Sonderlösung fügen:
Administriert durch „Dienste", die bitterbösen
und verabreicht durch die Medien, den ominösen.

Um für die Bürger einen „Vorfall" auszulösen,
genügt es, eine Lügen- und Wahrheitsmixtur einzuflößen.
Nur das kann die Menschen erlösen
zum Eindösen, Ablösen und Auflösen.

Und zur Vermeidung etwaiger eigener Blößen
bei den Verstößen aller beteiligten Geistesgrößen:
Jede Verantwortung im Fluss der Zeit abwärts flözen!
(Kopien: Crime / Gedichte / Ironie)

DER RHABARBERKUCHEN

Ich musste fluchen
über den Rhabarberkuchen:
Der war so sauer!
Ich fuhr zuerst zum Bäcker
und dann direkt zum Bauer.

Der Bäcker hörte mein Gemecker
über meine Magenwand.
Das läge an der Vielfalt der Geschmäcker
und gleichfalls auf der Hand.

Der Bauer saß hoch „zu Trecker"
und raste durch die Rhabarberäcker.
Er streute etwas – ich sah es ganz genau!
Doch den Tipp mit dem Zucker gab mir erst seine Frau.

DROHT GEWALT SIND ALLE KALT

Wer für den Frieden ist – bleibe ohne Gewalt,
verordnet die bewaffnete Diktatur
in ihrer demokratischen Gestalt.
Aber was geschieht denn heute nur?
Alle Bürger sind so seltsam ruhig und kalt!
(Kopien: Sarkasmus / Frieden / Krieg /Gedichte)

AGASTYA MUNI'S GEBET

Jeder Tag ist anders – und doch ist jeder gleich.
Der eine Tag im Mangel, der andere eher reich.
Am Sommertag bin ich dunkel, im Winter hell und bleich.
Ein Tag vergeht mit Lernen, ein anderer mit Vergessen.
Ein Tag lang satt zufrieden, den anderen ohne Essen.
Tage im lauten Trubel, die anderen still und leise.
Manche Tage unbewegt, die anderen auf langer Reise.
Tage in Gesellschaft – die nächsten ganz allein.
Der heutige Tag verwässert – die kommenden noch rein.
Jeder Tag ist anders – und doch ist jeder gleich.
Dankbarkeit und Ehrfurcht: ich leb in Gottes Reich.
(Gedichte / Göttlichkeit)

ZEITLOS:SORGLOS

Die Zeit verstellt
alle Uhren.
Die Zeit entstellt
alle Huren.

Die Zeit verwandelt
die Kulturen,
verschandelt
seine Kreaturen.
Es wird Zeit, dass sie uns ausspeit,
denn nur zeitlos ist sorglos! Sei also bereit!
(Kopien: Gedichte / Ironie)

ZUM FESTE

Auf die Freudentränen achten!
Beim Geschenke betrachten.
Frohe Wein-achten!
(Kopie: Ironie / Gedichte)

DER GURU

Die Massen verzaubert der heilende Wanderer,
doch die Lehre spricht vom Band ein anderer.
Heilversprechen so süß wie Honig –
Nix geht mehr heute ohne Elektronik!
(Kopien: Gedichte / Dummheit)

INNERE MEISTER

Gefüh der Freude, lichte Gedanken und des Herzens Schlag,
und jeder neue Morgen – lebendig sein – Tag für Tag:
Das sind Geschenke unserer inneren Meister,
sind Glück und Gnade unserer Lebensgeister.
(Geschenke / Glück und Leid / Liebe / Verstehen / Gedichte)

sowie:

Unsere inneren Mächte bleiben unsichtbar:
Sie erhalten uns am Leben. Wir nehmen sie nicht wahr:
Die stillen Meister: Das sind unsere Lebensgeister!
(Kopien: Gedichte / Macht)

TÄUSCHUNG

Die tägliche Nachrichtenflut –
tut der allgemeinen Verzweiflung nicht gut.
Jeder Mensch sucht seine passenden Stückchen,
versucht damit sein kleines Glückchen.
Wissen und Wahrheit erfordern Zeit und Mut.
Darum sei vor List und Täuschung auf der Hut:
Zweifeln tut unserer Meinung gut!

~~~~~~~~~~~~~~

Ohne große Verzweiflung gäbe es keine Retter,
Politik oder Macht.
Denn mittels Angst und Zwang wird an
maximale Umsätze gedacht.
Mit der Verzweiflung jedoch wird das
ultimative Geschäft gemacht!
(Kopie: Macht / Ironie / Wissen / Leid / Gedichte)

LAUSCHEN

Das Leben – das Leben,
laut ist es eben!
Und wenn mal nichts zu hören ist,
späht man aus dem Fenster:
Stille – die an unserem Argwohn frisst,
und man hört Gespenster.
(Kopien: Gedichte / Ironie)

AM ANFANG

Jeder Anfang kommt aus der Stille.
Jede Stille ist mit Chaos gefüllt.
Jeder Anfang ist bewusster Wille.
Jeder Wille wird mit der Zeit erfüllt.
(Kopien: Gedichte / Der Anfang)

IN DER WAHLKABINE

Weit her gekommen – und in der Wahlkabine
nehm ich meinen Stift mit stolzer Miene,
für ein rasches Kreuzerl bei der „JWD".
Der Stift aber schreibt nicht mehr, wie ich seh. . .

~~~~~~~~~~~~

Wachs ist dort auf dem Wahlformular!
Bei jeder Partei – bis auf eine – war
ein Ankreuzen nicht mehr durchführbar.
Da wird mir mit einem Male klar:

~~~~~~~~~

Höhere Mächte verursachen diesen Clou!
Und vom Wahlplakat grinst dazu
Bayerns Häuptling Manitou.
Na dann – hast mich wieder – CSU

~~~~~~

Und selbst Lord Jesus hat vom Kreuz gelacht:
„Salve, mein Lieber, dös horst fein gemacht"!
(Kopien: Gedichte / Ironie)

VOR GERICHT: DER WETTERBERICHT

Morgen gibt es Ärger
orakelt der Wetterbericht.
Doch dazu kam es nicht. . .
Schon nächtens war der Orkan spürbar stärker.
Den ignorierten wir auch nicht!
Aber am Morgen staunten wir doch sehr:
Da lag unser Ferienhaus bereits am Meer.

WAS NIMMT SIE NUR?

Für ihre soziale Kur?

Eine Kuh fragt nach ihrem IQ;
die Antwort erhält sie im Nu:
Normal begabt – Nur ab und zu
Spitzen emotionaler Intelligenz dazu.

Der Ochse, der die Diagnose stellte,
der Hund, der sein Einverständnis bellte,
und der Esel, der sich dazu gesellte
kennen nur soziale Kälte.

Sie erklären der erfreuten Kuh
das mit der Milch wäre der Clou,
denn es bräuchte Intelligenz hierzu.
Die Kuh antwortet mit einem sozialen Muh
und gibt ihnen einen Liter Milch hinzu.

IM SKAT

Ein Mädel, wunderhübsch in schwarzen Strümpfen,
Reizt zu hoch mit allen ihren Trümpfen.
Doch ach, der Grand geht in die Hose,
Kein Cent mehr in der Kleingeld-Dose.
Das letzte Hemdchen und noch viel mehr
Gibt sie ihrem Skat-Genossen her.

Herz-Bube war das Resultat.
9 Monat' später lag er erst im Skat.
Doch das Mädel sah sofort den Sinn:
Er war ihr großer Hauptgewinn.
Ein Grand auf allen Vieren!
Zu hoch zu reizen heißt nicht gleich verlieren!

ALIENS SIND HIER

Gibt es „Aliens" auf unserer Welt?
Wer hat sich die Frage nicht schon gestellt.
Es gibt jede Menge: Die Aliens – das sind wir!
(With a tainted DNA – reports the US CIA)
Deshalb nämlich dürfen wir
uns zu Untertanen machen hier.
Samt der Erde, Pflanzen und Getier. . .
(Kopien: Gesellschaft / Gedichte)

DER KASTRAT

Seine Ehe ist zerrüttet!
Wieder hat er den Senf neben die Bratwurst geschüttet.
Und überhaupt wegen seines seltsamen Betragens.
Sein Intelligenzquotient liegt gemäß genauem Befragens
mit 86 zwar unter der PS-Zahl seines Wagens,
– aber man beachte nur –
immerhin höher als seine Körpertemperatur.
ooh
Doch er hat hohe Reinlichkeits-Ansprüche,
ist ein begabter Savant der Gerüche.
Man sieht seine Synapsen förmlich funkeln
und er riecht sogar einen Furz - im Dunkeln.
iiih
Er hält sich für Farinellis Wiedergänger.
Und als junger Sänger – weiß er schon:
Ohne Kastration erreicht er nie den Oberton.
In Opern, Etablissements und manchen Klitschen
hört man ihn bis ins hohe Alter quietschen.
uuh
Aufgebahrt auf des Todes Pritschen
wollen letzte Töne ihm entwitschen.
Die Verwandtschaft, die Schäden an den Trommelfellen hatte
wartet huldig, aber ungeduldig mit den Ohren voller Watte.
Und endlich bekommt er seinen Ehrenlohn:
Sein Lebenswerk auf Schelllackplatte
und dazu ein Grammophon.
ahaa
(Kopie: Gedichte / Ironie)

ZELLULOSE

Der Teufel kauft Seelen
und steckt sie in die Hose.
Der Mensch will sich quälen
für bunt-bedruckte Zellulose.
(Kopien: Ironie / Gedichte)

WER IST IN?

Der Pingu hat sein „in" verloren,
Ist als Schnabeltier erneut geboren.
Daher – bei genauerem Betrachten
soll man stets auf seine Kleidung achten.

~~~

Der Hermel hat sein „in" verloren
und wurd' als Ärmel neu geboren.
Darum, dass man beim Herrgott nicht irrt
und beim Namen verwechselt wird,
sollte man nach längerem Bedenken
auch an seine Bestimmung denken.
Um sich nicht als Ärmel zu verrenken.

~

Dem Delph
wurde so gegen elf
sein „in" geklaut.
Da hat er aber blöd geschaut!
Ist nicht mehr in, sondern ziemlich out!
Daher soll man auch bei längerem Sinnieren
keinesfalls sich seinen „In-Status" abmontieren.

DIE URNE

Die Bürger verstehen
wenn sie zu den Wahlen gehen
warum es „Wahl-*Urne*" heißt:

~~~~~~~~

Der die Wähler bescheißt
ist der Wahlcomputer,
das manipulierbare Luder!

~~~~~~~~~~

So BRDdigen sie unsere Stimme.
Doch das ist im elitären Sinne. . .
der Wählerwille wird mitsamt den Zetteln verbrannt.
Ganz allmählich aber wird – den Bürgern das bekannt.
(Kopien: Ironie / Gedichte)

KRIEG FÄLLT AUS

Krieg? Tut uns leid! Passt uns nicht zurzeit!
Unsere Bundesheer äh -wehr ist gerad im Nadelöhr.
Depots mit funktionierendem Material sind leer!
Daher planen Generäle auch nicht mehr.
Passable Waffen gibt es nicht!
Alles, was noch funktioniert, wird ungeniert exportiert . . .
Deswegen ist auch kein Soldat in Sicht.
Viel zu teuer! Ach, egal. Und bis ein Krieg ausbricht,
bleibt nur ein Wachmann in der Pflicht.
Das ist zwar abnormal – aber wir sind ja stets neutral.
Wir haben keine Wahl! Ist vielleicht auch besser so. Allemal!
(Kopien: Ironie / Krieg / Gedichte)

DER STEIN DER WEISEN

Wenn die Gedanken der Weisen
um den Stein der Weisen kreisen,
den Stein aus weißem Mono-Gold:
Den haben die Götter schon gewollt.

DER INDISCHE KÄFER

Ein Käfer roch mein Schwarztee
und stürzte sich hinein.
Und bevor ich ihn tot seh,
fass ich flink hinein.

Erwische nur den kleinen Zeh
und nicht das ganze Bein.
Das tut zwar besonders weh,
aber besser als verbrüht sein.

Ich geb ihm einen Tropfen Branntwein.
Das Vieh liegt auf der Schüssel,
im Alkohol den Rüssel.
Was ich an der Narkose aber nicht versteh,
das Vieh muss wohl betrunken sein:
Fliegt torkelnd weiter in meinen Weißwein.

Bevor ich das Glas ausschütten geh,
da fällt mir etwas ein:
Der Käfer ist aus Indien,
gewohnt im Tee zu sündijen;
er war stets froh bei mir zu sein.

Jetzt aber, benässt und trunken,
da hat es ihm gestunken!
Schiss noch auf meinen Erdbeerkuchen!
Fuchtelnd und laut am fluchen
schlug ich auf ihn ein. . .

Flink erhob er sich
und flog beleidigt heim
Das kann jetzt an sich
nur das Heim- und Fernweh sein!

TELEGENE DEMENZ

Jeder Blödsinn ist relevant,
jeder Dummkopf wird bekannt:
Die Medien haben es in ihrer Hand.

Regiert erst mal die Ignoranz das Land,
bleiben die wahren Entscheider unbekannt.
Je geringer der allgemeine Bildungsstand,
desto leichter verläuft jede Aufklärung im Sand.

Die Quote stimmt, die Bälle rollen, und am Rand
die paar Gebildeten: sind doch nicht mehr relevant!
Telegene Demenz als Dauerzustand.
Bildungsferne Idole – vertreten das Abendland
und verhindern für Jahrzehnte jeden Basiswiderstand.

WER ZULETZT FEIERT

Erst wer feiert, was einmal *war,*
ist ein echter Jubilar.
Der Einzige, der dabei feiert, was *wird,*
ist allein mit der Rechnung der Wirt.
(Kopie: Ironie / Gedichte)

WAS TUN IM PARADIES?

Ich steh an der Theke und frag Adam, den Wirt:
„Sag mir, was tun wir,
wenn es hier im Paradiese langweilig wird?"

~~~~~~~~~~

Adam trinkt seinen Apfelschnaps leer:
„Dann muss eben ein Schuhgeschäft her!
Das hält die Eva und alle anderen hier
in unserem paradiesischen Revier. . ."

~~~~~~~~~

Denn wozu sie in den Apfel der Erkenntnis biss,
ist seit der ersten Vertreibung ganz gewiss:
Eva hatte nichts Passendes anzuziehen.
Und *das* hat sie Adam nicht verziehen!

DER FRÜHLING WILL NICHT

Der Frühling steckt im Baum,
er will nicht recht – er traut sich kaum.
Frische grüne Blättchen, ganz verloren,
hat der Aprilfrost weggefroren.

Erste Sonne will ihn locken,
dem Frühling ist es noch zu trocken.
Der Himmel blau – er lächelt auf den Wald.
Jenem ist es noch zu rau und außerdem zu kalt.

„Dann sehen wir uns im Mai,
wenn der Frühjahrssturm vorbei
und die eisigen Nächte sind vergangen!",
rät er, unser Wohl- und Sehnsuchts-Täter.

Mit der Blütenpracht angefangen,
hat der Frühling nur wenig später.
Und hat mit lauer Luft und Wonnen
erneut unsere Lebenslust begonnen.

DER ZAUDERER

Der Pessimist steht kurz vor dem Sprung,
da kommen ihm einige Zweifel:
Er hat eine Lebens-Rücktritt-Versicherung.
Der Wiedergeburt gilt die Absicherung,
doch die Anzahlung ist zum Teufel.
(Kopien: Zweifel / Gedichte / Ironie)

GLÜCK IST IGNORANT

Es liegt auf der Hand:
Glück ist ignorant!

~~~~~~

Stets im neuen Gewand
bleibt es vorerst unerkannt.
Braucht keinen Vorwand,
keine Ehre – keine Schand,
duldet keine Kette oder Band
und findet keinen Widerstand.

~~~~~~~~~~

Berührt dich sanft mit leichter Hand:
Wen das Glück küsst, ringt um Verstand.
(Kopien: Gedichte / Glück / Freude)

DER WEG DER WEISEN

Zum Lehrpfad der Weisen
gehören ausgedehnte Reisen.
Erfahrung ist der Weisen Hort.
Sind sie weise – bleiben sie vor Ort.
(Kopien: Weisheit / Allerlei Themen / Gedichte)

DER TROLL IN DER LUFT

Gerne, gerne hängt er an der Laterne.
Es ist zwar etwas monoton,
aber was macht das schon,
so spart man eben Strom.

Gut, gut! Nur Mut!
Was immer er auch tut:
Die Hände hat er frei,
Nur der Nacken wird etwas steif dabei.

Toll – toll, der freche Troll!
Das Maß war einfach voll.
Niemals an der frischen Luft,
null Ahnung von Wiesengrün und Blumenduft.

Aber, aber – jahrelang Gelaber,
in Foren, Blogs alleiniger Rechthaber.
Man fing ihn und hing ihn
an die Marktplatz-Laterne.
Dort ist er noch – von dort mailt er gerne.

Stur, stur! Er hatte nur
einen Wunsch: Funkmaus und -tastatur
Will nicht mehr herab, welche Tortur!
Vom Pizzafresser zum Lichtnahrungsesser
und Regenwasser, armer Notdurft-Ablasser.

Blöde, blöde – bisweilen ist es öde!
Doch leicht verdorrt und spröde,
hängt er noch heute dort mit Notruf-Tröte.
Mit dreihundert Alias-Namen wieder geboren,
hetzt und spukt er in allen Foren.

Jawohl, jawoll – er blieb sich troll,
erkenntlich an tausendfachem HDF und lol –
Nur das mit LOFL war gelogen,
doch wann hat ein Troll schon Facts verbogen?

Hört, hört – das verstört:
Die Dienste haben mitgehört!
Das hat Ärger heraufbeschwört.
Weil er einfach zu viel wusste
kam es wie es kommen musste:

Schau, schau – das war gar nicht schlau.
Hat einfach nicht mehr aufgehört. Unerhört!
Hat gemailt, sehr empört,
hat Staats-Geheimes arg gestört.
Wurde tagelang verhört.

Siehste, siehste – ach wie triste:
er kam nicht mehr ins Lot!
Denn am Ende seiner Mailingliste
stand der eigene Tod.

LIEBE SPAZIERT HEREIN

Blumenduft und Kerzenschein,
schimmernd roter Wein,
Kleid und Haar zurechtgezupft.

Liebe spaziert herein.

Augen die leuchten,
ein Herzl, das hupft.
Hände, die feuchten
schnell noch abgetupft.

Liebe lässt sich ein.

Musik durchweht die Sinne,
Lippen kommen nah,
der Atem hält kurz inne,
Zuneigung riecht wunderbar!

Liebe fordert Sein.

Worte braucht es nicht,
Gefühle umso mehr.
Zwei Herzen finden Seelenlicht.
Segen feiert Einkehr.

Liebe ist daheim.
(Kopien: Liebe / Gedichte)

WER MACHT FROHSINN?

Sinn und Irrsinn
– Hand in Hand –
Bringen sich Glück – in jedem Augenblick.
Sind augenblicklich frei!
Erschaffen den Frohsinn dabei.
(Kopien: Freiheit / Glück und Freude / Gedichte)

REISEN

Bewegen ohne eilen.
Schluss mit Vorurteilen.
An jedem Ort verweilen.
Zeit mit Menschen teilen.
Alte Gewohnheiten heilen.
Gut Reisen schreibt bisweilen
die besten Lebens-Zeilen.
(Kopien: Gedichte / Allerlei Themen)

DER ÜBERZEUGUNGSTÄTER 1

Der Frühling ist ein Überzeugungstäter!
Will er nicht, dann kommt er später.
Schon dem Märzen rät er:
Wach auf und mach Dich warm dabei.
Doch der nasse April ist der Verräter!
Überzeugt hat schließlich erst der Mai.
Ja – der Frühling hat drei Väter. . .
(Und im Juni war er schon vorbei)

DIE LEBENSREISE

Das Leben, das Leben
ist eine Reise eben:
Kaum die Fahrkarte zur Geburt erhalten,
fängt die Route alsdann – mit einem engen Tunnel an:
Einspurig, unbeleuchtet und kaum auszuhalten.
Sogar den Reiseweg kann man nicht selbst gestalten!

Die Jugend ist nicht festzuhalten,
das Altern macht uns ungehalten,
der Lebensinn bleibt meist verdeckt.

Und am Ende sind wir dann verreckt!
Das stand zwar nicht im Reiseprospekt,
ist aber im Kleingedruckten mit abgedeckt.
(Kopien: Tod / Allerlei Themen / Gedichte /Ironie)

IRGENDWANN

Der Erste Weltkrieg kam wie geplant herangezogen,
der Zweite Weltkrieg war vorherbestimmt.
Der Kalte Krieg beendet? Das war nur gelogen!
Der Dritte kam heimlich wie ein leiser Wind.
Der Vierte wird dann lange dauern:
Alle werden sich belagern und belauern,
Mann gegen Mann. Jeder ist von Sinnen –
Bis nur noch die Frauen übrig sind.
Und ein paar hagere
Genetikerinnen.
(Kopien: Gedichte / Zynismus)

WAS EWIG WÄHRT

Wer den Pfennig nicht ehrt,
ist des Groschens nicht wert.
Und wer beide nicht kennt,
denkt an den Cent.

Die kommende Währung lautet nicht mehr
auf Markelchen oder Merkelchen.
Die kleinste *Einheit* heißt dann vielmehr
– nicht Cent, sondern – Ferkelchen.

Wenn „Es" auf der Straße liegt, das liebe Luder,
glänzend klein auf nassem Pflasterstein:
Heb „Es" auf! Es bringt dir „Glück" zuhauf!

Aber tritt nicht drauf!
Denn der Dollar ist sein großer Bruder.
Und wer den Dollar nicht ehrt,
wird in Bälde kriegsversehrt.

Der Groschen ist „gefallen",
die Mark, die ist nicht mehr. . .
Die Erkenntnis bleibt vor allem:
Schein-Geld „gibt nichts her".

Denn nach nur hundert Jahren
mittels sonderbarem Finanzgebaren
ist der Dollar an Kaufkraft nur noch ein Ferkelchen wert.
Ja, was lange überdauert – doch nicht ewig währt.
(Kopie: Ironie / Gedichte / Geld)

DER BEWEIS DER STATISTIK

Respekt verschaffen. Durch Friedenswaffen.
Frieden erzwingen. Durch Liedchen singen!
Stärke zeigen. Durch Wahrheit verschweigen.
Von Fortschritt schwafeln. Durch Manipulation der Sterbetafeln.
Ist er nicht listig – der alte Trick mit der Statistik?
(Kopien: Gedichte / Frieden / Zynismus / Lügen)

BETREUTE MEDIEN

„Betreute Medien" schlagen nicht mehr auf die Leber,
es braucht nur einen telegenen Lügen kleber!
Einen geschickten Meinungs-Weber
für die Geld- und Kommandogeber.
Doch die Geldgeber, das sind wir!
GEZ bezahlt? Das rat ich dir!
Denn nur die Zahler haben Stimmen –
Nur wer zahlt darf „Programme" mitbestimmen.
(Kopie: Zynismus / Lügen / Geld / Gedichte)

WELTENRETTER

Beseelt von den Rettern der Welt
hat sich auch das Verbrechen in deren Dienst gestellt.
Die Gründe sind zwingende – die Profite monströse!
Was folgt ist das händeringende Medien-Getöse.
(Kopien: Society / Gedichte)

WIR SIND

Du bist, wie du isst.
Du wirst werden, was du liest.
Du magst, was du davon im TV siehst.
Und du hasst, was dich im Internet verdrießt.
(Kopien: Ironie/ Gedichte)

DIREKTE DEMOKRATIE

Direkte Demokratie – das gab es noch nie!
Deutsche Bürger waren Feuer und Flamme.
Und plötzlich – man staunte doch sehr –
gab es Bürgerprogramme,
aber keine Parteiprogramme mehr!

WAS IST HEILSAM?

Heil liegt in des Bewusstseins Fülle,
Heilende Präsenz in seiner Stille.
Heilung ist der Lebenswille.

~~~~~~

Heilwissen führt zur schnellen Pille,
Heilung nur für Geld: zum Widerwille.
(Kopien: Bewusstsein / Wissen / Gedichte)

DAS TELE-GRAMM

Ein Tele-Gramm ist die leichteste Einheit der Fernsehkost.

Ein Tele-Gramm will irgendwann
in die aktuelle Sendung kommen.
Es ist keine Fesche – wie etwa eine Depesche,
sondern knapp und kurz, leicht wie ein Furz.
Jedoch: es wird nicht wahr genommen!

Denn sein Inhalt ist die schlechte Kunde!
Doch niemand in der redaktionellen Runde
legt aus diesem Grunde einen Finger in die Wunde.
Es wird zwar *er*wogen und *ge*wogen,
aber prompt aus dem Verkehr gezogen.

Ja, das Fernsehen mag nur geistig zumutbare Kost,
keine eilige Katastrophenpost, weder aus Nah- noch Fernost,
nichts, was den Programmchef und den Teleprompter erbost.

Seit wir alles elektronisch verbanden,
hat man das Papier entsorgt.
Die Telegramme verschwanden,
jede Nachricht wird online geborgt.
Geheimes wird durchgestanden –
Anweisungen transatlantisch besorgt,
die Quoten gehen sonst abhanden!
Gegen zu Brisantes ist schon vorgesorgt.
Hurra! Die „Wahrheit" wird uns zugestanden,
der Schampus virtuell entkorkt.
(Kopien: Gedichte / Ironie)

93

DER MUSIKUS

Talente hat der junge Musikus,
und wartet auf der Muse Kuss.
Wartet auf den Druck der Lippen,
den sanften Stups an seine Rippen.

Doch Musik ist, was man hören kann,
die Muse schreibt uns keine Noten.
Inspiration beginnt uns irgendwann
zu spüren, um unsere Seele auszuloten.

Das Schicksal wartet jahrelang
mit Rhythmen, Takt und Himmelsklang,
lockt mit der Sehnsucht feinen Klang.

Da begreift der Musikus, dass er *komponieren* muss,
denn erst beim Tun kommt Inspiration in ihren Fluss.
Der Flow: Das ist der Muse Kuss.

(Aus: Musik / Kopie: Gedichte)

TAGESLOSUNG

Den Spruch hab ich seniler Wicht
am Badezimmerspiegel kleben:
„Das Leben, das Leben –
Das ignorieren wir heute nicht!"

DIE VERHANDLUNG

Ich saß einmal bei Gerichte
und schrieb der Richterin Gedichte.
Streng blickend nahm sie mein Papier entgegen,
doch bald schon begann sich ihr Gesicht zu regen.
Rot lief sie an, ob sie etwa zornig sei?

Sie rief den Gerichtsdiener herbei,
der entschwand geschwind nach hinten,
tauchte auf und hatte Taschentücher dabei;
was konnte sie nur anstößig finden?

Die Richterin schnäuzte, rieb sich die Augen und noch schlimmer,
unterbrach die Verhandlung und bat mich ins Beratungszimmer:
Dort begann sie zu lachen und fing sich nicht mehr ein.
Was schriebe ich denn für Sachen,
und es ihr zu geben wär gemein!

Ob die Verhandlung nicht zu trocken sei, hab' ich sie gefragt:
„Humor ist Pflicht. Im Gerichtssaal aber nicht", hat sie nur gesagt.
Aber schließlich war ich Schöffe; war nicht angeklagt!

Und die Lehre aus der Misere, der Sinn der Sache:
Lerne beizeit – im Gericht regiert die Ernsthaftigkeit,
sodass weder ich – noch sonst jemand dort lache.

DER PATHOLOGE

Der Zweck eines Medizinbetriebes besteht darin,
durch Patienten Geld zu verdienen. Für einen guten Gewinn.
Und deren Selbstheilungskräften in Maßen
dann die Genesung zu überlassen.

~~~~~~~~~~

Im Krankenhaus, im Krankenhaus,
da sieht das Ganze plötzlich anders aus:
Denn im Notfall haut der Chirurg uns raus.

~~~~~~~

Vierundzwanzig Stunden – und alle Zeit bereit.
Bereitschaftsärzte – die tun Patienten leid.
Was für eine Hektik, welch Geschäftigkeit
und *nur* der Pathologe: Der hat reichlich Zeit!
(Kopien: Gedichte / Ironie)

Ist dieser Band ein kleiner „Glücksableiter",
dann lächeln Sie – und lesen weiter . . .

BARRIKADEN

Es gibt Völker, die können nichts sehen,
können nicht auf die Barrikaden gehen.
Sie können keine Wahrheit schöpfen,
denn die Barrikaden sind in ihren Köpfen.
(Kopien: Ironie / Gesellschaft / Wahrheit / Gedichte)

DIE MINZE IM TEE

„Dass ich nicht grinse",
sagt die Mieze zur Minze
und frisst davon eine Unze.

„Dass ich nicht grunze",
ruft die Minze aus deren prallen Blunze.
„Hast recht", blubbert die Katze und spuckt sie aus,
dreißig Gramm wiegt nicht mal eine erlegte Maus.

Doch meine Mieze speit die Minze
direkt in meine Kanne Tee
wie ich ungläubig staunend eben seh!

So kam der Tee zur Minze.
Darauf wette ich eine Münze!
Und fülle mehr Rum in mein Tee . . .

~~~~~~~~~~
(Unwahrscheinlicher – aber so erlebter Vorgang!)
(Mit dem Rum . . .)

PRACHTVOLL AUSGESTORBEN

Die Grundel hatte als Nachbarin die Pfundel,
die ebenfalls ein Fischchen war. Wie sonderbar!
Die Pfundel wog einiges mehr und machte mehr her
und gab immer mächtig an. Dann und wann
suchte sie nach einem feschen Fischerich.

Doch diese trieben sich, allabendlich,
lieber mit der Grundel in deren Höhle rum,
weil die Pfundel ab irgendwann
stark zu schuppen und zu fischeln begann.

Die Pfundel starb, beleidigt, dick und stumm
und mit ihr die Letzte ihrer beleibten Gattung.
Ihr Wunsch war eine echte Seebestattung.
Die wurde ihr genehmigt, amtlich und posthum.

DIE MACHT DES GEHEIMEN

Geheimes entwickelt Gemeines.
Niedertracht sucht nach Macht.
Macht ist das, was Geld macht.
Geldmacht giert nach der Welt.
Weltmacht verbirgt vor allem Eines:
Geheimes!
(Kopien: Macht / Geld / Geheimnisse / Gedichte)

DER HAUSWERKER

In großer Höhe über der Wiese hängt er an der Markise.
Der Grund ist der Deko-Wunsch seiner Marliese.
Doch plötzlich braucht sie die Leiter anderswo
in ihrem Penthaus im elften Stock – irgendwo.

Er hakt sich ein, den Bohrer in der Hand,
bis ihm die letzte Kraft entschwand.
Die Liese hat ihn vergessen,
sie ist ja so einrichtungs-versessen.

Den Sommer über dörrt und trocknet er vor sich hin,
da kommt Marliese wieder ihr Mann in den Sinn.
Der Dieter – der Dieter, wo steckt der denn schon wieder?
Da drängt die Alte laut – wo er denn nur bliebe –
und kurbelt die Markise hoch:
Da hängt die alte Lederhaut, die liebe,
eingerollt bis heute noch.

ALLES SICHTEN

Zeilen schichten
Reime dichten
Texte richten
Sinn belichten

DER KNICK IN DER LINSE

Ich hab meinem Hirn beim TV-Konsum einen Kinken verpasst!
Habe Jahre als Couch-Potato im seitlichen Liegen verprasst.
Die schräge Lage hat mit der Zeit meine Perspektive angepasst:

Sitz ich selten mal aufrecht, hat der Winkel sich verstellt.
Sehe nur im Lot, wenn ein Kissen den Kopf schräg auf der
Schulter hält.

Der Optiker rät zu einer Perspektiven-Brille für viel Geld,
der Orthopäde hat als Therapie die Streckbank gewählt,
der Osteopath hat zur Diagnose den Notar dazu bestellt.

Ich mach es kurz: Denn das einzige in der Welt,
was meinen Knick in der Linse erhellt,
ist Stehen beim Essen, Stehen im Schlafen, wo es mit gefällt.
Das TV und die Couch sind längst schon abgestellt.
Leider hat sich eine gewisse Farbblindheit dazugesellt.

Erhob Klage mit dieser Geschichte, denn betrachtet bei Lichte
macht das TV-Programm doch jede aufrechte Haltung zunichte!
Bin abgeblitzt vor Gerichte – seitdem schreib ich wieder Gedichte.

DICHTEN UND ABDICHTEN

Die Wahrheit ist ein Hologramm,
enthält in jedem Punkt das Ganze.
Selbst in feinen Versen schönstem Glanze,
tropft Wahrheit durch deren Worte Damm.

~~~~~~~

Abdichten! Den ganzen Poetry Schlamm!
Es reimt sich was – es schleimt sich das
unangenehme Wahre so subtil zusamm'. . .
Auch ein Dichter ist kein Unschuldslamm.

DER SCHMERZ IM PORTEMONNAIE

Oh weh – oh weh,
um Gotteswillen!
Weh tut's nur im Portemonnaie.
Für alles andere gibt es Pillen
oder irgend einen Dreh.
Und bei jedem *anderen* Mist
hilft sonst gerne der Jurist.
(Kopien: Geld / Ironie / Gedichte)

EIN HAUSTIER BITTE

„Was wünscht du dir zum Weihnachtsfeste?"
„Ein Haustier, bitte – aber nur das Beste."
Da grübelt Vater der Gestresste. . .

Bedenklich wird es, wenn die Damenwelt
nach „Kindergroß", und folglich Sinn- und Sinnenleere
auf das umstrittene Thema Haustier verfällt.

Und weint und greint und meint,
Kackhunde, Haarkatzen, Kratzehamster und 'ne Reiter-Mähre
bringen das frühere Glück ihres Lebens wieder zurück.
Schnurch! Das reicht. Väter haben es nicht leicht.
(Kopien: Ironie / Gedichte)

PHÄNOMENE

Wissen ist ein Phänomen, das der Zeit entspringt
und Entscheidungen, Wandel und Reformen erzwingt.
Eine Gabe die unser Geist erbringt.

~~~~~~~~~~

Weisheit ist ein Phänomen der Freiheit und der Güte,
der Herzlichkeit und Seelenblüte –
Gaben, die uns die Liebe behüte.
(Kopien: Wissen / Weisheit / Liebe / Freiheit / Gedichte)

DIE TRAUERFEIER

Zur Trauerfeier
erschienen die Eier
sorgfältig sorgenfaltig.
Sie waren nachhaltig
Cholesterinhaltig
und stanken gewaltig,

Es waren alte Eier
mit schwarz-grünem Schleier.
Hatten ihre Pappkartons aufgerissen,
sich zum letzten Mal in Schale geschmissen.

Doch ihre Zeit war um.
Und wie dumm:
Ohne Haltbarkeit seit Wochen,
waren manche schon zerbrochen.
Und alle haben streng gerochen.

Wie gemein:
Kein Ei durfte je ein Pfannkuchen sein!
Im Dutzend rollten sie ins Meer hinein.
Auf Siechtum hatte niemand Bock.
Sie starben an einem Eiweiß-Schock.

(Kopien: Ironie / Gedichte)

ILLUSIONEN

Federleicht und schwerelos,
erscheinen Illusionen uns allen,
spenden Zuversicht und süßen Trost . . .
bis sie uns auf die Füße fallen.
Denn wer beachtet schon
das zunehmende Gewicht einer Illusion?
(Aus alten Aufzeichnungen / Kopien: Wissen und Wahrheit)

DER ANSTRICH DER WAHRHEIT

Den Anstrich der Wahrheit bestimmt der Intendant,
Was unangenehm, aber wahr ist, das wird nicht bekannt.
Aber es liegt schon auf der Hand:
sagen darf's nur der Komödiant,

frei und ungeschminkt. . .

Denn wenn Humor das Faule umringt,
die Wahrheit nicht zum Himmel stinkt.

Doch sagen Komödianten etwas Geheimes,
geschieht ihnen bald etwas Gemeines.
Und zwitschert ein Spaßvogel geschminkt,
ist anzunehmen, dass die Wahrheit hinkt.

Präsentieren Humoristen nur noch maskiert –
tja, dann wird die Wahrheit längst animiert,
massakriert und wortreich einbalsamiert.

DER GLÜCKSABLEITER

Glück ist eine Himmelsleiter,
es benötigt nur einen „Glücksableiter".
Das Glück liegt in unserem Innern.
Wenn wir uns daran erinnern!
Schlägt Glück in unserem Bewusstsein ein,
wird auch die äußere Welt eine bessere sein.
(Kopien: Glück / Gedichte)

MENSCH ODER TIER

Liegt sie falsch oder hat sie Recht?
Man kritisiert, hält sie für belämmert,
für ein Schaf, die Kuh für behämmert!
Es stellt sich heraus: Sie war im Recht,
da hat's den „Kollegen" dann gedämmert.

Behämmert ist im Wald allein der Specht.
Sie ist jetzt echt bei jedem Gefecht
die Alphawölfin ungeschwächt.
Und das ganz zu Recht:
Frauenrecht!

OTTERFING

In Otterfing, in Otterfing,
wo ich meinen ersten Otter fing,
als mir noch der Schnodder hing
bis zur Oberlippe oder Kinn.

Wo als Kind ich einst zu Haus,
zog irgendwann die Verwandtschaft aus.
Später starben auch die Otter aus.
Nichts hielt mich mehr – Oh Graus!

DER TATTER KREIST

Und was im Leben sich oft beweist,
dass man manchmal besser drauf . . .

. . .weil man *vorher* sowieso nix weiß!

Leg dich in Ruhe also auf ein Abstellgleis,
bis der Tod irgendwann deinen Namen weiß.
Ob er dich dann will, oder nicht, oder stufenweis
ist doch wurscht – vor allem als alter Tattergreis.
Oder als Tattergreine – bitte weine – nicht leis.
(Kopien: Tod / Gedichte)

KRIEG DAS FETT WEG

Das Hühnerfett ist böse,
es fettet gern im Bauch.
Damit zeigt man seine Blöße:
man nennt es „Plautze" auch.

Hundefleisch ist böse,
doch in China ist es Brauch;
dort isst man sogar Gekröse
im Hundedarm-Geschlauch.

Sogar der Thunfisch gilt als böse,
ob gebraten – ob im Buchenrauch.
Bringt jedoch Erlöse, ganz luxuriöse.
– Belasten tut er auch –
mit seinem Quecksilberhauch.

Wie viel wir essen ist doch böse,
Nießbrauch führt zu Missbrauch.
Der Mensch verbraucht monströse
Ressourcen, skandalöse:
Was für einen Mengenverbrauch!

Aha: Der Mensch ist also böse,
mit seinem Bier- und Schwabbelbauch.
Diese komatöse Spezies bräuchte die Ablöse!
So denken Hühner auf der Hühnerfarm doch auch. . .

DER DICHTER VOR DEM RICHTER

Ein Dichter steht vor seinem Richter
zwischen Dieben und Gelichter.

Der Dichter ist ein PKW-Vernichter,
angeklagt wegen Fahrens ohne Lichter;
ein stadtbekannter Unfall-Erpichter.

Noch bei der Verhandlung riecht er
nach Alkohol, und dann erbricht er
seinen Poetry Schlamm – was riecht der
sauer nach Reimen törrrichter.

Empörte Gesichter!
Die Verhandlung unterbricht er,
und schnell entwich der
entsetzte Richter
zusammen mit dem Presseberichter.

Der Dichter und die Bösewichter
erlernen die Gesetze mit dem Trichter:
Im Knast – ganz ohne Anwalt oder Schlichter.

ADVOKATEN

Die Advokaten haben stets vermint,
was der Wahrheitsfindung dient.
Die Wahrheit kommt so nie zutage,
allenfalls die Gesetzeslage.

DIE BUNDESNACHT

Lauscheln und mauscheln,
horchen und gehorchen,
grummeln und schummeln,
gieren und alimentieren:

In den Sitzungszimmern in später Nacht
werden geheime Verträge ausgemacht.
Bei Verhandlungszeiten bis in die Früh,
geben sich Ausschüsse sichtliche Müh.

Hier werden die realen Vereinbarungen getroffen,
und hier sind die Teilnehmer gern machtbesoffen.
Im Bundestag seit Jahren gelegentlich angedacht,
wird hier in Kürze zustande gebracht.
Denn um *diese* Uhrzeit zeigt sich die wahre Macht!

Aber warum, wenn ich mich frag,
heißt es dann nicht „Bundesnacht"
anstatt Bundestag?

TAG UND NACHT

Werden Staatsverbrechen mit dem Stempel „Geheim" geehrt,
wird den Bundestagsmitgliedern die Einsicht verwehrt.
– Geheinisse sind die Fundamente der Macht –
Ja, ist schon klar, über die Demokratie wird gelacht.
Zugriff auf dunkel Geheimes für Mitglieder der „Bundesnacht"?
Sofort und vollumfänglich. Daraus wird auch kein Hehl gemacht!

AUF DEM GOTTESACKER

Dumpfbacke trifft Korinthenkacker.
Der Kacker ist ein Hacker,
schlau, verschlagen, wacker,
ein seltsam dünner alter Knacker.

Dumpfback' ist ein betagter Möbelpacker,
und beklagt sein tägliches Geracker
im Wirtshaus bei Kerzenlichtgeflacker.

„Was hackst *du* denn ab – du Macker?"
„Korinthen auf dem Gottesacker!"

Da fragt der Hacker auch den Möbelpacker
„Und wo kackst du denn ab – du Schnacker?"

Der Hacker war der Tod, der alte Racker!
Sie tranken noch allerlei Absacker.
Seither liegt der abgesackte Möbelpacker
begraben auf dem Kirchhofsacker.
(Kopien: Top / Gedichte)

WO WAREN DIE SKIPETAREN?

Das Volk der Skipetaren
zog als ein kleines Heer
zuerst bis zu den Baijuwaren,
doch weiter wollten sie nicht mehr.

Im Volk der Skipetaren
weiß heute niemand mehr,
wie viel sie einmal waren,
das wundert alle sehr!

Viele zogen wieder fort ans Meer,
andere hatten sich am Berg verfahren,
den Rest – sieht man heut nicht mehr.

Ich will euch nicht veralbern, bei meiner Ehr,
aber sie nannten sich um in Albaner
und deswegen sieht man keine Skipetaren mehr.

Zurück in den Süden, das schien ihnen humaner,
dort siedeln in Albanien manch alberne Albaner,
irgendwo – und sowie – im Kosovo.

DER SCHAM-AHNE

Wer trommelt gern, wer bommelt noch? Es ist euer
alter Onkel Theodor, ein prominenter Getreuer
seiner weithin anerkannten Tierliebhaberei.
Doch das wurde der Verwandtschaft zu teuer!
Jetzt ist er im Altenheim, redet nur noch mit seinem Papagei.

Vor dem Tod das Pflegefeuer
in der Pflegestufe drei.
Nach dem Tod das Fegefeuer
im Krematorium Nummer zwei.

Nach dem Krema ein Tutorium bei
den Spezialisten für die Erbschaftssteuer:
Frohe Erben in der Steueranwaltskanzlei
sind präsent für die große Freudenfeier.

Doch der Nachlass, der ist ungeheuer,
ist die komplette Augenwischerei!
Der Erblasser, so ein Ochs und Wiederkäuer,
vererbt nur Futter und seinen Papagei.
Die Kohle ist beim Finanz-Betreuer
gut versteckt im Bank-Gemäuer.

Es gibt ein lautes Empörungsgeschrei,
dazu eine richtige Massenschlägerei,
mit dem Einsatz von Schutz- und Kriminalpolizei.
Später in der Bank noch eine kleine Messerstecherei
mit ungefähr fünf geldgierigen Stechern mit dabei.

Scham überkam den Ahnen hierbei
angesichts dieser Leichenfledderei.
Er wollte ja nur beerben, wer tierlieb sei
und deshalb die Geheimniskrämerei.

Denn nur der Papagei weiß anbei
die Zahlenkombination des Safes fehlerfrei.
Doch niemand hat lange Lust auf das tierische Abenteuer
mit dem plötzlich zerzausten und stummen Papagei:

Für die Erben wird das äußerst teuer!
Das große Vermögen kommt, ganz nebenbei,
nach vielen Jahren an die Bank und die Steuer,
und die Verwandtschaft in Haft wegen Tierquälerei.

ZUSÄTZE / DREINGABE

Für den schmunzelnden Zuspruch bis hierher
erhält die Leserschaft eine Zugabe! Bitte sehr:

DER SCHEIN

Der erste Schein unseres Lebens ist der Geburtsschein.
Er besiegelt unseren Lebenswert.
Der zweite Schein unseres Lebens ist der Führerschein.
Er beflügelt unseren Freiheitswert.
Der dritte ist der Hochzeits-Gutschein.
Er spiegelt unseren sozialen Wert.
Den lebenslänglichen Schein erfüllt der Geldschein.
Es versiegelt unseren Glaubenswert.
Der letzte Schein ist der Totenschein.
Er entriegelt unseren Erinnerungswert.
(Kopie: Ironie / Werte / Gedichte)

WIRKUNGEN

Liebe versetzt Berge,
Geltung vernetzt Zwerge,
Geldgier verletzt Lebenswerke.
(Kopien: Gedichte / Geld / Liebe)

LIEBE IST EIN ERKENNTNISPROZESS

Liebe ist das Geschenk der Seele, das den Geist erhellt.
Ohne Liebe findet der Geist keine Freiheit in der Welt,
sondern lediglich Wissen, das er für unvergänglich hält
sowie Erkenntnis des Widerspruchs, das ihn vor Rätsel stellt.
(Kopien: Liebe / Wissen / Freiheit / Gedichte / Geschenke)

ETWAS ROLLT IMMER

Von den Weltuntergangs-Apologeten zu den Fußball-Proleten.
Läuft Eines nimmer – Etwas rollt immer
für Armageddon-Apostel oder Feuilleton-Athleten.
(Kopien: Gedichte / Ironie)

DAS SCHÖNSTE GESCHENK

Glück ist verschenkte Liebe
und Liebe Glück zum Verschenken.
Wem das Herz nicht offenbliebe,
sollte daran denken!
Denn wenn der liebevolle Gedanke ausbliebe,
kann das Herz unser Glück nicht lenken.

~~~~~~~

Glück bietet Chancen im Leben,
wenn wir zuerst dem Glück eine Chance geben.
(Kopien: Liebe / Glück / Gedichte)

DER WIEDERGÄNGER

Der Frühling will nicht kommen,
und ich frage mich beklommen,
ob ich nicht schon genug benommen,
blass, bleich, müde und verkommen sei . . .

Aber nö, der Frühling anno 20-einerlei –
der kam nicht mehr vorbei!

Das hab ich einfach hingenommen.
Apathie ist noch hinzugekommen;
habe kaum noch etwas mitbekommen.

Vollkommen – verkommen!
Ist das Chaos einmal angekommen,
ist mir bereits schon vorgekommen
lange nach der Winterszeit:
Ein Verkommen in Vollkommenheit.

Da muss man erst dahinterkommen,
dass es nicht reicht, auszukommen:
Man muss Struktur dazubekommen!
Das hab ich seither ernstgenommen.

Ein Jahr später gab es dann ein Vorwärtskommen,
der Frühling war zurückgekommen.
Und ernstgenommen:
Es steigt im Frühling unser tägliches Einkommen
an schierer Lebensfreud – und genau genommen,
ist mit Freude die beste Struktur hin zubekommen.

DER SCHLACHTERMEISTER

Er war ein Schlachter von allererstem Rang,
trug ein Schlachtermesser, schwer und ellenlang,
blutverschmiert mit metallisch hellem Klang.

Er war ein Mann mit Statut und großer Ehr.
Man nuschelte und tuschelte: Das ist ja der und der!
Wie streng er blickte! Wie knapp er nickte!

Was aber alle wussten, dass sie sich in Acht nehmen mussten:
Denn er hatte zwar die wahre, unschlagbare Schlachterware,
doch fanden sich darin mal Fingerkuppe, Daumen oder
Kräuselhaare.

Dass es des Schlachters eigene waren,
darüber waren sich die Tuschler nicht im Klaren.

Was ihnen auch niemand verklickte, dass wenn er strenge blickte,
ihn phantomgeschmerzt der Daumen zwickte.
Das mit der Fingerkuppe war inzwischen schnuppe,
ihm aber sein Kräuselhaar abknickte, wenn er zuviel nickte.

AKZEPTIER DIE BEGIER

Der Glaube an Pixel und Papier:
Glaub daran! Das rat ich dir!
(Kopien: Gedichte / Ironie)

BURGEN AUF BERGEN

Ein jeder Mensch erscheint
wie eine Burg auf dem Berg.
Zugbrücken öffnen, wie man vermeint,
ist kein besonders schweres Werk.

Doch wer zeigt Interesse,
und wer besucht wen?
Herzen brauchen keine Pässe,
Geist aber Anlässe und Durchlässe.

~~~~~~~~~~

Unser Geist verursacht Denkprozesse,
und wen sucht er denn?
Sucht *Er* Jeunesse oder Prinzesse,
sucht *Sie* Finesse und eine Nobeladresse,
damit man gemeinsam die Tristesse vergesse?

Lasst einmal die Zugbrücken unten sein,
ohne zu hetzen oder subtile Regeln zu verletzen.
Endlich sich nahe zu sein, lässt auch die Liebe herein.
Und nur sie kann auch Burg oder Berge versetzen!

DER BRAVE

. . . und dann stellte sich heraus als wahr,
dass der größte Kritiker der Schafe
heimlich selbst ein Schaf gewesen war!
(Kopie: Ironie / Crime & society / Gedichte)

DER CASANOVA

Er wusste, er musste handeln,
begann sogleich anzubandeln.
Sie war dabei, sich umzuwandeln.
Er fürchtet, sie würde sich verschandeln.

Er war die Casanova-Raupe
hinten in der Gartenlaube.
Sie ein junges Ding,
das schon so versponnen
an einem Blatte hing.
Sie lächelte versonnen
und wurde ein Schmetterling.

Der Rauperich der grämte sich,
und dachte vielleicht verfliegt sie sich.
Doch angelegentlich ließ man ihn im Stich.
Er wartet auf der Gartenlaube – allmorgendlich.
Das ist, so wie ich glaube, ganz bedauerlich.

DER SACHVERHALT

Mächtige beginnen irgendwann
mit der Vergötterung ihres inneren Tyrann.
Denn dieser fordert und erhält damit Gewalt.
Und erzwingt nur so den Selbsterhalt.
(Kopie: Society / Macht / Ironie / Gedichte)

WAS KLEBT DAS LEBT

Der Sinn des Lebens
erschließt beim Sinn des Klebens:
Aneinander – Miteinander
Ohne Zusammenhalt ist die Suche vergebens.
Beieinander – Durcheinander
Ohne Kohäsion keinen Halt zeitlebens.
Für Einander – Zueinander
Ohne Assistenz, Adhäsion und Emergenz
gibt es keine Existenz und keinen Sinn des Strebens.

DER 2. ÜBERZEUGUNGSTÄTER

Kommt er jetzt oder kommt er später?
Doch Überzeugungen haben viele Väter:
Es sind die Weltenretter und getarnte Hochkaräter.
Aber solange seine Überzeugung besteht, sät er
und berät er auch andere Missetäter.

~~~~~~~~~~~~~~~~

Denn ohne Zeugen und Überzeugung – was tät er?
Seine Welt übersät er mit Übel-, Straf- und Attentäter.
Das heißt, er kommt immer, der Überzeugungstäter,
aber eher später, denn bis dahin geht er – als Wohltäter,
gilt er als Wohlstands- und Gesellschafts-Sanitäter.

INFORMATIV WIE NIE: DIE „DARMOSKOPIE"

Von der Kundalini-Wurzel bis hoch zur Hypophyse:
Wer ermöglicht uns die schärfste Anal.yse?

~~~~~~~~~~~~

Wer bekommt die tiefste Einsicht,
in jeder Hinsicht klarste Ansicht,
wer forscht hinter jedem Knick,
wer hat den schärfsten Blick?

~~~~~~

Wer schaut in jeden Winkel
findet alle Schlupfewinkel?
Mit Brief und Siegel:
Der DARM-SPIEGEL

IM GRUNDE

Von oben, dem Kauen an – bis zu des Magens Wände,
Vom Dünndarm aus und bis ganz zum Ende:
Das menschliche Dasein besteht wohl aus
>Oben rein – und unten raus<
(Kopien: Ironie / Gedichte)

MIT WITZ ZUR WEISHEIT

Der Groll ist verflogen,
der Zynismus versickert,
der Sarkasmus hat sich selbst betrogen,
auch die Wut, so viel ist durchgesickert,
hat sich lange selbst belogen.

Übrig bleibt ein ruhiger Geist
den die Seele still umhüllt.
Ein Freigeist der mit Güte beweist,
dass er Humor und Witzigkeit erfüllt.

Witz ist der Weisheit Eingangspforte.
Beispielhaft und ohne lange Worte;
Humor bleibt eine Herzenskunst
und der Weisheit große Gunst.

DIE BUNDESLADE

Wo bleibt nur die >Bundes-deutsche-Lade< versteckt?
In ihr soll die Zukunft Deutschlands liegen.
Hat etwas die Alliierten verschreckt,
damals kurz nach dem Bekriegen und Siegen?

Zweifel gären im deutschen Lande:
Sind wir souverän? Völlig verwirrt samma!
Dann beim Unterschreiben, am Rande,
der Kanzlerakte traut sich unsere Bundesmamma.

Sie fragte den Ober-Flüsterer, wobei sie unterwürfig bat:
„Unsere Bundeslade fehlt! Und wir sind nicht imstande
ohne diese Frieden zu finden; sind nur im Waffenstillstande.
Und in der Bundeslade liegt dazu ein genaues Exponat."

„Oh Erbarmen, Obarma – Obamma
gebt uns doch ein kleines Scheible Rat!
Nur ein notbedingtes Grundgesetz hamma!
Und das ist nicht mehr adäquat."

„Im Deutschen Volk ist der Freiheitswille erweckt!"
Da war El Presidente überrascht, in der Tat.

Nur Stunden später wurde die Lade entdeckt.

Die deutsche Bundeslade,
von Aktenordnern verdeckt,
sie war – wie schade –
zur Unkenntlichkeit verdreckt.

Sie stand in einer Vitrine
im Keller vom Weißen Haus.
Es gab etliche Abholtermine,
Politiker machten sich nie etwas daraus.

Doch sie war in guter Verfassung,
man nahm sie vorsichtig heraus.
Sie enthielt die deutsche Verfassung,
aber man wurde nicht schlau daraus:

Das Volk sollte sich diese Verfassung geben,
auf Englisch mit unsichtbarer Tinte verfasst.
Der lesbare Text am Ende – so ist das eben –
ist so kurz, dass er in einen Fingerhut passt.

Er enthält angeblich zehn Gebote,
jetzt in jeder US-Botschaft einsehbar.
Wer sie aber verrät, kommt zu Tode!
Ist das nicht sonderbar?

Denn die Gebote enthalten
eherne Gesetze, die verhindern,
wenn sich auch *alle* daran halten,
von den Alten bis zu den Kindern
dass Mord und Totschlag sich entfalten.

Eigentumsdelikte würden unterbunden,
sowie Meineid, Gier und Neid.
Es wären alle Bürger eingebunden
und führe auch zur Menschlichkeit.

Da aber überkam die Verwirrung
Kanzlerin sowie den Präsidenten!
Denn sie kannten die weltweite Verirrung
an allen Ecken und Enden
der gängigen Systemkomponenten.

Beide begannen zu verstehen,
wie sollte sich mit diesen Geboten
unsere gewohnte Welt denn weiterdrehen?
Sie begannen auszuloten diesen Knoten
mit allen Regierungs-Patrioten anzugehen.

Wirtschaft, Dienste, Militär erteilten schlechte Noten,
Think-Tanks begannen, daranzugehen
ihre „Dump-Tanks" aufzudrehen.
Lobbyisten begannen dann auf leisen Pfoten
Beängstigendes aus den „Dumb-Tanks" auszusäen.

Ängste vor Crash und Krieg wurden aufgeboten,
Senatoren und Repräsentanten konnten dadurch sehen
Wirtschaft, Macht und Herrschaft würden untergehen.
Es schien ihnen geboten, wegen möglicher Chaoten
oder radikaler Idioten, würde die Lade besser verboten!

Da verschwand die Bundeslade
auf Nimmer-Wiedersehn
im Fort Knox in einer Holzschublade!
Und dort wird sie bis heute wohl noch stehn.
(Kopien: Gesellschaft / Alle US-Botschaften / Gedichte)

POET

– Was man aus früheren Jahren noch kennt –
Wer Bücher verfasste, konnte fast 100 Prozent
seiner Kreativität in sein Werk investieren.
Brauchte keine Kraft und Zeit zu verlieren.

Es blieb beim Erdenken und kreativem Schreiben!
Dann aber kamen erst scheibchenweise – später in Scheiben
darüber hinaus, wie folgt, noch hinzu: Korrigieren, Formatieren,
Lektorieren, Computer Science, E-books generieren.

Dann Buchdesign, Typenschrift und Datenübertragung.
Lokale Leseproben, Leser-Test und Freundeskreisbefragung,
Flyerdruck, Marketing und Auflagenwahrsagung,
Entwürfe, Cover, Bilderrechte,
Zündende Werbe-Ideen zielgerechte,
Zulauf, Verkauf, „Messelauf", Presse auf
Lesungen und Vermarktung obendrauf!

Und natürlich kam das übliche „Juristische" noch dazu.
Doch selbst damit ist noch lange keine Ruh,
denn es kommt schlussendlich und hierzu
auch noch das Verlagsgesuche mit hinzu.

Dadurch bleiben
– nur noch 7 Prozent der Zeit –
zum kreativen Schreiben.
Da musste man noch Schriftverkehr betreiben
und dies dem Finanzamt unter seine Nasen reiben!

Denn im Laufe vieler Jahre
begannen auf wunderbare
Art und Weisen diese Beschäftigungsweisen
der schreibenden Zunft sich in den Schwanz zu beißen.

Das führte zu einer allgemeinen Schreibverhütung
durch obige Selbst- und Fremdbeschäftigung vor allem.
Deswegen ist die heutige Autorenvergütung
gerechterweise auch diese 7 Prozent gefallen!
7 Prozent pro Bucherlös. . . ansatzweise.
Bedauerlicherweise!

Ich begann einmal als ein fleißiger Autor,
und wurde unmerklich mit der Zeit ein Tor.
Heute bin nicht mehr so blöd – jetzt bin ich Poet.

Wir alle nutzen Gedanken. Ohne uns bewusst zu sein, woher sie eigentlich stammen. Sie sind einfach da, „fallen" (bei) uns ein, berühren uns. Aber wie? Was sind Gedanken wirklich? Und wo kommen sie her? Wie und wodurch fügen Gedanken sich zu Gedankenketten zusammen? Ideen, Gedankengebäude und Wissensinhalte: Wodurch werden sie gestützt? Sie bestehen aus riesigen Komplexen von Informationen, aus einem weit verzweigten Geflecht verbundener und verwobener Gedanken. Was aber hält sie zusammen, welche Kräfte binden sie? Was gibt ihnen eine Relevanz, einen Sinn und Bedeutung. Und gibt es vielleicht ein Ablaufdatum, einen zeitlichen Verfall für s e? Der Autor nimmt Sie mit auf eine spannende Reise tief in die Welt des Mikrokosmos mit ver-blüffenden Erkenntnissen der Entstehung von Gedanken, was sie hervorruft und wie sie geprägt, erfasst und gewertet werden…

tradition Verlag, Hamburg (2014)

ISBN   978-3-8495-8883-0 (Paperback)
       978-3-8495-8884-7 (Hardcover)
       978-3-8495-8885-4 (eBook)

**Dieses Buch ist online hälftig frei lesbar.
Es wird weltweit gelesen und hat im Monat
bis zu 300.000 Zugriffe.**

http://www.thebookoflife.de/

Kinder werden viel zu schnell erwachsen. Ehe man sich versieht, stehen sie auf eigenen Beinen und starten hinaus ins eigene Leben. Für manche wichtige Themen waren sie noch nicht reif genug. Kaum sind sie reif, so ziehen sie schon aus. Doch hat man ihnen wirklich alles mit auf den Weg gegeben, was man fürs Leben wissen muss? Diese Frage hat sich auch der Autor Gerd Peter Bischoff gestellt. Dabei ist eine umfassende Gedankensammlung zu allen Phasen des Lebens entstanden, die sich nicht nur an „große Kinder" richtet, sondern jedem Lebensalter Denkanstöße zum Lauf des Daseins bietet.

Das Buch ist derzeit nicht mehr erhältlich. Der Autor arbeitet an der Neuauflage mit vielen Ergänzungen.
Voraussichtlicher Erscheinungstermin 2016

Einige der zentralen Fragen in unserem Leben drehen sich um den Sinn und die Natur, die Konsequenz und Auswirkung dessen, was wir Liebe nennen. Bücher und Bände sind gefüllt mit ihren Erscheinungsformen und deren Interpretationen. Was verstehen wir unter Liebe? Und worauf bezieht sich diese? Auf Eigenliebe, auf die gegenseitige Liebe oder die bedingungslose Liebe? Gibt es eine höchste Stufe? Eine innerste Instanz? Doch welches Mysterium bewirkt die Liebe eigentlich? Ist Liebe nur ein Gefühl oder schlichtweg das genetische Zusammenspiel von Hormonen?
In diesem spirituellen Buch wird im Detail auf die Urkraft des Seins, der kosmischen Liebe als eine Kraft des Lebens und des Hervorbringens eingegangen…

Engelsdorfer Verlag (2012)
ISBN 978-3862689286 (Paperback)

Zeitfracht Medien GmbH
Ferdinand-Jühlke-Straße 7
99095 Erfurt, Deutschland
produktsicherheit@kolibri360.de